CLÉMENCE ROBERT

LOUISE DE LORRAINE

Édition illustrée par Ed. COPPIN

Prix : 70 cent.

PARIS

HIPPOLYTE BOISGARD, ÉDITEUR

LIBRAIRIE CENTRALE
DES PUBLICATIONS ILLUSTRÉES A 20 CENTIMES
Rue du Pont-de-Lodi, 5

GUSTAVE HAVARD
LIBRAIRE
Rue Guénégaud, 15

1855

Une jeune fille assise filait au rouet. — Page 1, col. 2.

LOUISE DE LORRAINE

PAR

CLÉMENCE ROBERT

RESSUSCITÉE.

La salle basse d'un vieux château féodal des environs de Nancy venait d'ouvrir ses hautes croisées cintrées à l'air épuré du matin. Le soleil, en entrant, dorait les antiques boiseries, les meubles gothiques, les tapisseries de haute-lice, le plumage grisonnant d'un perroquet centenaire; il jetait ses légères lueurs sur des portraits au regard éteint, aux couleurs effacées, qui représentaient des hommes alors couchés dans la tombe, et avaient pris le ton pâle de la mort pour continuer la ressemblance. De longs jets de capucines, de jasmins, de pois-fleurs, pénétrant par les ogives, se jouaient sur leurs antiques sculptures et versaient une douce senteur dans l'atmosphère sépulcrale de la salle voûtée. Le tableau qu'on voyait à travers le cadre de la fenêtre était une pelouse hérissée de rochers et couronnée par un pan de rempart en ruine; mais une fraîche verdure, des arbustes du printemps et de jeunes troupeaux couvraient de leur grâce vivante les vieux et sombres rochers. La clématite et la girofée décoraient les pierres du rempart démantelé, et la fauvette chantait dans ses créneaux. C'étaient partout, au dedans et au dehors, la fraîcheur et la jeunesse du jour jetées sur les ossements du passé.

Une jeune fille, assise dans un angle de cette pièce, filait au rouet: elle portait le costume des simples habitantes de la Lorraine, une robe de laine bleue et un bandeau de toile blanche. Sa figure avait l'ovale régulier et le caractère élevé des nobles dont elle descendait, tempéré par la fraîcheur et la suavité d'une première jeunesse : c'était encore là le charme de la vie qui vient d'éclore, ornant les souvenirs des anciens temps. Elle semblait faite pour l'enceinte qu'elle habitait, comme la Vierge incrustée dans une niche de la muraille.

Elle filait avec tant d'aisance et d'habileté, qu'assurément le mouvement à la fois vif et monotone du rouet ne captivait point ses pensées. Elles étaient tristes et profondes, à en juger par l'expression de sa jeune physionomie, d'où le sourire semblait tombé comme la fleur d'un arbuste atteint par la gelée du printemps. Elle jeta les yeux sur un sablier qui venait de se vider, et, du son d'un petit sifflet d'argent suspendu à sa ceinture, appela sa gouvernante, qui était sur la pelouse, occupée à la récolte des fraises sauvages.

— Ma chère Marguerite, dit-elle, prépare-moi vite mes habits de voyage; il est huit heures, et à neuf je veux être prête à suivre mon cousin dans la tournée qu'il va faire au comté de Salm.

— Dieu soit loué! mademoiselle va donc enfin se décider à prendre un peu de plaisir... Je vais appeler ses femmes pour l'habiller...

— Non, les secours me suffisent pour le peu de toilette qu'il me faut, ma bonne gouvernante, et j'aime mieux être seule avec toi.

— En ce cas, je vais vous faire belle comme le jour : je veux que tout le pays soit fier de la princesse de Lorraine... Voyons, votre gorgère bordée de perles... votre cotte cramoisie... votre surtout garni de petit vert...

— Non, non; je ne veux rien qu'une robe blanche, et la plus simple que tu trouveras.

— N'importe, monseigneur le duc sera bien fier d'emmener sa chère Louise de Vaudemont à la fête du comté de Salm... Que de fois je l'ai vu triste de sortir seul, quand il vous avait vainement demandé de l'accompagner au bal, à la chasse, au tournoi... Toujours filer, soigner des fleurs, lire des livres pieux, tout cela est très-bien; mais ne songer qu'à cela, ne sortir que pour errer dans les champs, visiter les villageois, répandre de bonnes œuvres, ce n'est pas naturel à votre âge... Quel bonheur de vous voir aujourd'hui de plus joyeuse humeur !

— Ce changement de résolution n'est pas tel que tu le penses. A toi, ma bonne Marguerite, je ne dis jamais que la vérité. Je vais aujourd'hui à la fête du comté de Salm; mais ce n'est pas pour jouir des plaisirs qu'on y prépare à l'occasion du passage des ménestrels de Provence. J'espère, dans ce voyage, trouver un moment de liberté pour visiter le petit cimetière de la vallée de Cebron.

— Jésus, mon Dieu! quelle triste fantaisie !

— Il y a plusieurs jours que je nourris ce désir. Ecoute. Tu sais quelle tendre amitié m'unissait à Alix de Neuville, élevée avec moi chez les Bernardines du comté de Salm, tu sais que cette malheureuse jeune fille avait conçu la passion la plus vive pour François de Brienne, son jeune parent...

— Oui, et je sais aussi que son père, vu la légèreté et la folle conduite du seigneur de Brienne, voulait l'engager à un autre mariage beaucoup plus avantageux et raisonnable.

— Eh bien! la contrainte dont on a usé envers elle l'a réduite au désespoir et l'a fait tomber dans une maladie mortelle. Elle m'a écrit alors une lettre déchirante, dans laquelle elle me rappelait la prédilection que nous avions autrefois toutes deux pour le petit cimetière de Cebron, où les arbres de deuil sont si beaux, où les églantines jettent de pâles guirlandes à la tombe, où coule un ruisseau éternel et paisible comme les jours de la vie future. Elle me disait que sa seule espérance était d'aller bientôt reposer là, loin d'un amour plein de troubles et d'une persécution cruelle... Peu de temps après, j'ai appris que le funeste pressentiment de l'infortunée n'était

que trop vrai, et que je ne la retrouverais plus que dans la funèbre vallée.

— Ah! mademoiselle, que vous avez bien raison de vouloir lui porter un tendre souvenir ! et maintenant je n'ai plus envie de vous parer que d'une robe de deuil.

— J'ai su, aussi par des bruits de la ville, que François de Brienne, dans son désespoir, avait disparu de Lorraine, et qu'on ignorait absolument le lieu de sa retraite... Tous ces funestes événements ont fait sur moi une impression profonde et causé cette mélancolie que mon cousin, dans sa bonté, me reproche depuis quelque temps.

— Cependant on lui attribue une autre cause. On dit que si le comte Albert de Salm avait assez de domaines et de vassaux pour prétendre à la main de la princesse de Lorraine, la princesse de Lorraine ne serait pas si triste.

— Silence! silence, Marguerite! ne touche pas à ces pensées-là; tu vois qu'elles ont des dards mortels... Vite, donne-moi mon voile et mon masque; j'entends sonner le boute-selle, et les équipages s'assemblent devant le perron.

Des chevaux caparaçonnés de drap d'or piaffaient sur les dalles de la cour et secouaient les panaches de leur tête en signe de contentement. Le duc Charles de Lorraine prit place dans une riche litière; Louise de Vaudemont monta sur une jeune et vive jument; des cavaliers empressés s'assemblèrent autour d'elle. Le cor sonna la fanfare du départ; les sons éclatants retentirent sur les remparts, au front des tours, au cœur des profonds galeries, et réveillèrent la voix des bruyants échos; puis s'affaiblirent peu à peu dans le lointain, s'enfoncèrent sous les masses de feuillage et laissèrent muettes les murailles du vieux castel.

La princesse Louise, fille aînée du comte de Vaudemont, duc de Mercœur, de la maison de Lorraine, naquit, en 1554, à Nomény, dans un château gothique, sur les bords de la Seine. Elle perdit sa mère au berceau, mais fut élevée avec la plus grande tendresse par Jeanne de Savoie, seconde femme du comte de Vaudemont. Après avoir passé quelques années chez les Bernardines du comté de Salm, elle parut à la cour de son cousin Charles III, duc de Lorraine. On lui donna pour gouvernante la dame de Champi, la femme la plus sage et la plus érudite de son temps, et les bons exemples, la haute piété, les mœurs irréprochables qui régnaient au palais de Nancy, achevèrent de former sa précieuse éducation. Louise brillait à la cour par une douceur de caractère charmante, une âme toute de tendresse et de piété, et une beauté qui est demeurée célèbre dans l'histoire.

Le duc de Lorraine, son cousin, était fait pour lui offrir l'idéal de toutes les vertus. Charles III, qui mérita et reçut le nom de *Charles le Grand*, sut, par un mélange de force et de sagesse, mai tenir dans ses Etats, au milieu des guerres de religion dont l'Europe était embrasée, l'ordre, la richesse, la paix et une nationalité bien conçue qui renfermait des éléments de durée. Il jeta sur la *ville vieille* de Nancy les fondations de la *ville neuve*, conçue d'un seul jet et sur un dessin régulier, et son œuvre, commencée en 1580, se trouva presque entièrement terminée dans le cours de sa vie.

Charles III tenait sa cour dans le palais de Nancy, élevé par Gérard d'Alsace; mais, dans ces jours de printemps, il était venu habiter avec une suite peu nombreuse ce château solitaire, situé dans le pays des Vosges.

La princesse de Lorraine aimait particulièrement ce séjour. Louise avait une nature simple et modeste, toute portée vers la vie agreste, vers les paisibles occupations des champs. Née dans une condition bien près du trône, on la voyait avec étonnement éloigner d'elle toute la suite d'une princesse, porter de préférence le costume des jeunes filles de Lorraine et se livrer sans relâche aux travaux de femmes et aux plus minutieux exercices de piété.

Le vieux château, d'où le prince Charles venait de partir, étant situé entre Nancy et le bourg de Salm, ne se trouvait qu'à huit lieues de ce dernier point, et une demi-journée suffisait pour y arriver. Le chemin que suivaient le duc et son escorte était taillé dans une montagne verdoyante ; un peu au-dessus, une route parallèle coupait encore cette élévation. Tandis que la petite troupe de Charles III suivait paisiblement son chemin, une autre cavalcade formée d'élégants cavaliers passait sur la route supérieure, en sens opposé.

Il était beau de voir de loin ces lignes, resplendissantes de pierreries et d'acier, se croiser sur cette montagne, revêtue de minces arbrisseaux comme d'un léger duvet de verdure. Ces bandes de seigneurs dorés et étincelants montraient bien au jour, qui venait de se lever et les éclairait avec douceur, les maîtres de cette terre qu'ils foulaient. Les feuilles de chêne brodées en argent sur le velours de leur manteau reluisait au soleil ; l'acier de leurs armes jetait des feux de mille couleurs sur le gazon ; tout brilloit, scintillait en eux, depuis leur aigrette chatoyante jusqu'à leur éperon doré par la chevalerie. Leur souveraineté semblait attestée par cette empreinte de splendeur qui abusait le regard, et les villages qui les voyaient venir s'ouvraient humblement pour les recevoir ; le vassal les saluait de loin ; la jeune paysanne leur présentait le bouquet qu'elle venait de cueillir et sa meilleure jatte de lait... De notre temps, ceux qui se disent les maîtres du monde ont beaucoup plus de peine à être obéis, quoiqu'ils demandent moins, car leur habit de laine noir ne les distingue plus du peuple, et celui-ci ne voit pas pourquoi il se soumettrait. Autrefois on acceptait la domination montrant l'éclat de la dorure et la force de l'acier ; ses droits étaient écrits (au moins pour les yeux) en traits d'or et de pierrerie. Le *seigneur* a perdu sa force en quittant ses paillettes.

Un des cavaliers étrangers qui frayaient la route la plus élevée heurta un fragment de roche assez fort, qui roula sur le chemin inférieur, et, bondissant aux pieds de la jument de mademoiselle de Vaudemont, fit cabrer l'animal de toute la hauteur de son corps et menaça de précipiter celle qui le montait au pied de la colline. On vola au secours de Louise, mais elle était trop bonne écuyère pour avoir besoin d'aucun aide ; la jument, déjà rangée sous sa loi, marchait aussi docile qu'auparavant. On en fut quitte pour voir avec peine le présage de malheur qu'on crut inscrit dans cet accident.

Le jour allait finir, et l'escorte du duc de Lorraine se trouvait près d'arriver à sa destination. A peu de distance de la petite ville de Salm, où la fête donnée pour l'arrivée des ménestrels de Provence attirait une grande population, mademoiselle de Vaudemont demanda à son cousin la permission de se séparer un instant de sa suite et de passer avec sa gouvernante par la vallée de Cebron, pour aller, de là, le rejoindre au bailliage, où il devait descendre. Elle mit donc pied à terre et s'achemina avec la dame Marguerite vers le cimetière qu'elle désirait visiter.

Il touchait d'un côté aux murs de la ville, et de l'autre se déroulait dans le champ de Cebron. Quoique cette vallée fût peu profonde, on n'en découvrait l'enceinte qu'en y entrant, parce que des blocs de rochers et de bouquets de sapin l'encadraient de toutes parts.

— Voilà donc, disait la princesse de Lorraine à Marguerite en approchant de ce lieu, voilà donc le seul endroit de la terre où il reste encore quelque chose de ma chère Alix. Cette belle jeune fille avait une haute place dans le monde, une couronne ducale à mettre dans ses cheveux, des terres à parcourir en suzeraine, une cour entière d'adorateurs, toute la vie de splendeur et de joie en espérance. Et les chagrins du cœur sont venus, une minute s'est passée, et elle n'a plus maintenant qu'un peu de terre sombre, un peu de gazon, dont un rameau de cyprès peut couvrir toute la longueur.

La nuit commençait à tomber. Louise, qui venait de tourner la route la plus élevée, se trouva tout à coup à l'entrée du cimetière, et le plus bizarre tableau s'offrit à ses yeux.

Une légère lueur argentée est répandue dans tout l'espace. Les peupliers et les cyprès, revêtus de la teinte uniforme de l'ombre, se dessinent dans cette faible clarté comme de hauts fantômes. A leurs pieds, de jeunes femmes, vêtues de blanc et couronnées de fleurs, dansent légèrement sur le gazon noir, forment des rondes, et puis, ouvrant leur cercle, glissent en chaînes légères parmi les masses de verdure ombreuse. Une musique voilée, et comme venant d'un autre monde, se fait entendre. Ce sont bien là les arbres de deuil, mais ils abritent maintenant les chaînes de la danse ; ce sont bien là les pâles églantines des tombes, mais ces jeunes ombres les ont prises pour en faire des couronnes. Quelquefois la lumière jette un éclat plus vif, et toutes ces figures se montrent animées, radieuses, colorées de toutes les nuances de la vie ; d'autres fois la clarté tombe presque entièrement, et les danseuses semblent pâlir et disparaître comme des âmes vaporeuses... Une d'elles se distingue par la hauteur de sa taille svelte, par la grâce vive et légère de ses rapides mouvements, et Louise, palpitante, frappée de surprise et d'émotion, reconnaît Alix !... Alix, qui devait reposer sous la terre de ce champ funèbre, Alix danse sur son tombeau !...

UNE PERLE D'AMOUR.

Louise, immobile, crut qu'une vision surnaturelle venait de s'offrir à ses yeux ; que cette enceinte du petit cimetière, touchée par un doigt céleste, lui présentait l'image de la joie dont les jeunes femmes enlevées prématurément de cette vie jouissaient dans un monde éternel. Plusieurs fois elle passa la main sur ses paupières et se mit à regarder de nouveau avec un étonnement indicible. Enfin sa vue se fit à cette demi-obscurité, et elle y distingua mieux les objets. Elle reconnut alors tous les accessoires d'un bal ; un orchestre s'apercevait dans le fond, et, le vent ayant entr'ouvert un rideau de peuplier, qui s'étendait par derrière, elle vit au delà un élégant pavillon illuminé, fleuri, où circulait une foule toute sémillante et enjouée...

— Madame veut sans doute entrer au bal? dit une voix près d'elle.

C'était un des gardiens de l'entrée ouverte sur la campagne, qui, voyant la mise élégante de mademoiselle de Vaudemont, pensait qu'elle arrivait à la fête et se disposait à l'introduire.

— Au bal! dit Louise, ne revenant point encore de sa surprise... Mais comment un bal se trouve-t-il en cet endroit?

— Madame, la fête se tient sur la grande terrasse du bailliage ; mais comme les dames et seigneurs qui s'y trouvaient ne voulaient point se mêler à la foule, on a disposé cet emplacement pour recevoir le beau monde et y former un bal particulier.

— Mais ce lieu était autrefois...

— Un cimetière, oui, madame; mais, depuis un an, il a cessé d'être consacré à cet usage, et on a transporté les tombes qui s'y trouvaient encore dans une autre partie de la ville.

Mademoiselle de Vaudemont s'était avancée peu à peu, et comme elle achevait de recevoir ces informations, elle se trouva dans l'enceinte éclairée. Alix de Neuville, qui venait de la reconnaître, accourut près d'elle et l'aborda avec le tendre empressement de l'amitié, tempéré d'une nuance de respect. Elles s'assirent ensemble sur le banc le plus retiré de l'enclos.

— Quoi, ma chère Alix, c'est vous! dit mademoiselle de Vaudemont avec une voix que l'émotion rendait tremblante, et où se faisait sentir un peu de froideur.

— Oh! je conçois votre étonnement, ma chère princesse; je vous ai écrit, il y a quelque temps, une lettre bien désolée sur l'événement qui me séparait de mon cousin François de Brienne, et vous avez dû croire que j'avais succombé à ma douleur...

Louise baissa la tête sans répondre.

— J'étais en effet bien à plaindre... je pensai réellement mourir de chagrin... mais à ce moment-là je me vis dans une glace et je trouvai que... c'était dommage!... Renoncer à la vie était sans doute dans toutes les règles d'une passion malheureuse... cependant, dans toutes les institutions, il se glisse des relâchements, et je sentis que celle-ci était trop sévère pour la suivre à la lettre.

— Mais cette grande maladie que vous avez faite?

— Oh! oui, j'ai été bien mal... J'étais encore si triste de renoncer à l'homme que j'aimais, pour épouser, d'après les arrangements de ma famille, le comte de Chavigny, que je n'avais vu que dans le monde, que mon cœur ne connaissait point, j'étais si malheureuse, que j'allai trois jours de suite au bal pour me distraire. Je dansai éperdûment, tant j'avais besoin de consolation, et je pris une fluxion de poitrine. Je fus quelques jours dans le plus grand danger, et on fit même courir le bruit de ma mort.

— Hélas! oui, mais...

— Mais je me rétablis, et je me mariai.

— Et maintenant?

— Oh! maintenant je suis fort heureuse.

— Heureuse!

— Sans doute, car j'adore mon mari.

— Le comte de Chavigny?

— Certainement. Il est jeune, beau, spirituel ; pourquoi ne l'aimerais-je pas?

— Mais... parce que vous en avez aimé un autre.

— Mon Dieu! ma chère Louise, il faisait beau temps hier, et il fait encore beau temps aujourd'hui. Que l'astre de la lumière luise sur le monde une fois ou l'autre, il est toujours aussi brillant ; que ce moment où il nous éclaire se nomme *lundi* ou *mardi*, c'est toujours le même soleil. Il en est ainsi de l'amour : après s'être évanoui, il reparaît dans un autre temps et sous un autre nom, mais c'est toujours l'amour.

La princesse de Lorraine écoutait d'une figure immobile, comme lorsqu'on entend des paroles dont on ne comprend pas le sens. Elle reprit après un instant de silence :

— Et votre pauvre cousin?

— Mon pauvre cousin est maintenant à table dans ce pavillon que vous voyez d'ici, et qu'il remplit de ses éclats de joie, parce qu'il vient de gagner, au jeu de l'arbalète, un quatrième flacon de Malvoisie au comte de Chavigny.

— On prétendait qu'il avait subitement disparu de Lorraine.

— Et cela était vrai, car le duc d'Anjou, en passant dernièrement à Nancy, lorsqu'il revenait de Pologne pour prendre la couronne de France, l'avait chargé d'une mission secrète à Paris, et il était parti de suite pour s'en acquitter. Il a eu le bonheur de réussir dans l'affaire qui lui était confiée, et il vient de recevoir pour récompense une compagnie des gardes. Il est bien heureux, car il porte maintenant cet uniforme qu'il a tant désiré... Mais vous allez le voir ; je danse avec lui le prochain quadrille, et il va venir me prendre.

Louise était profondément triste ; tout ce qu'elle entendait lui serrait le cœur... elle voyait briser devant elle les plus chères croyances, profaner la plus douce religion...

Alix s'en aperçut, elle lui prit tendrement la main.

— Ma chère princesse, dit-elle, vous me trouvez bien coupable, je le vois, de vivre encore et de vivre consolée : au lieu d'être ensevelie sous la terre du sommeil, je danse joyeusement sur son gazon... Mais si j'ai failli à mes devoirs envers l'amour éternel, pardonnez-moi en faveur de la fidélité que je mettrai toujours à remplir ceux de tendresse et de dévouement que j'ai voués à ma belle souveraine.

Mademoiselle de Vaudemont assura gracieusement sa jeune amie de toute son indulgence et se fit conduire au grand salon du bailliage, où elle devait retrouver le duc de Lorraine.

Charles III y était en effet au milieu des principaux seigneurs du comté de Salm et des dames que la gravité de leur caractère empêchait de prendre part aux divertissements publics. Il se trouvait là ces illustres familles *dues royaux* qui avaient su se former une position aussi libre que florissante ; qui, placés entre la France et l'Allemagne, n'étaient vassaux de l'une ni de l'autre, et, selon leur auguste devise, ne relevaient que de *Dieu et de leur épée.*

Dans ce cercle imposant, était un jeune homme que son humeur grave, ses penchants studieux et méditatifs amenaient d'ordinaire parmi les vieillards. Sa taille noble et bien prise, mais cependant plus délicate que celle de la plupart des jeunes hommes de ce temps, formés et endurcis de bonne heure par les exercices du corps, le développement de la partie supérieure de sa tête, l'expression de sa physionomie, tout annonçait en lui un homme plutôt de pensée que d'action. Il était brave et guerrier, parce que la bravoure était dans l'air que respirait la noblesse, mais on voyait qu'il n'était pas né pour le métier des armes. Des traces de réflexion profonde étaient empreintes sur ses traits. la légère pâleur imprimée par l'étude et la méditation s'y faisait remarquer, et mille expressions de tendresse et de grâce venaient y montrer tour à tour la sensibilité du cœur et l'épanouissement de l'esprit. Au milieu de ces empreintes, dominait la tristesse d'un sentiment profond et douloureux. On voyait que ce sentiment habitait là dès longt-mps, qu'il avait mûri ce front avant l'âge, qu'il y avait gravé la trace de bien des émotions, que ce jeune homme, si jeune encore, avait un passé.

C'était le comte Albert de Salm.

Sa physionomie austère s'éclaira tout à coup d'un rayon limpide de douceur et de joie : ce fut au moment où Louise de Vaudemont entra.

Elle aussi, vit le comte de Salm avant toutes les autres personnes présentes; sa respiration devint plus large, sa démarche plus assurée; ses yeux, habituellement baissés, s'ouvrirent de toute leur admirable grandeur; son front se leva, ses longs cheveux blonds dégagèrent mieux son visage, sa voix devint à la fois plus douce et plus forte; une gracieuse aisance se répandit dans tous ses mouvements. On eût dit qu'après avoir senti ses pieds glisser sur un bord dangereux, elle venait subitement de trouver un appui.

Cependant ces deux personnes, qui avaient tant de puissance l'une sur l'autre, ne cherchèrent point, ni ostensiblement, ni en secret, à se réunir dans le courant de la soirée, à se parler hors de l'entretien général. Seulement il vint un instant où la jeune fille et le comte de Salm s'appuyèrent en même temps sur le piédestal d'une statue qui représentait la Lorraine. Cette figure, rustiquement taillée, reposait une main sur un bloc de granit, et tenait de l'autre une croix à deux branches, emblème national.

Louise et Albert élevèrent ensemble un regard étincelant de l'amour du pays natal sur cette statue qui leur en offrait la pensée : c'était pour eux se regarder, se parler et s'entendre.

Mademoiselle de Vaudemont, fatiguée de la longue course du jour et des émotions pénibles qu'elle avait éprouvées, après avoir reçu les hommages des membres les plus distingués de cette réunion, se retira bientôt dans son appartement.

Le lendemain, au moment du départ, elle voulut de nouveau monter à cheval, pour jouir des points de vue variés de la route de traverse qu'on allait parcourir.

Le prince de Salm et son fils, le comte Albert, accompagnèrent les voyageurs dans les parages de leur ville.

Un vif rayon de soleil avait détaché une partie assez considérable de neige de l'un des sommets des Vosges. Un filet d'eau bondissante, limpide, azurée, faisant voltiger à sa surface de scintillants flocons de neige, vint courir dans un étroit sillon creusé dans le sol et promener ces diamants de l'hiver le plus intense et le plus pur au milieu des bruyères roses de la plaine.

Louise, pour montrer la légèreté de son cheval, franchit le ravin, Albert la suivit; mais ce petit torrent improvisé ayant rapidement grossi, le duc fit signe à Louise de ne pas s'exposer en le traversant de nouveau, et d'attendre un peu plus tard pour rejoindre l'escorte. Au bout de quelques pas, le courant d'eau, comme s'il l'eût fait à dessein, se divisa en vingt branches, qui éloignèrent à chaque

instant davantage les deux jeunes gens du reste des voyageurs et les conduisirent dans des sentiers sauvages, entremêlés de taillis inextricables.

C'était la première fois que la princesse de Lorraine et Albert se trouvaient seuls ensemble; mais ils avaient passé la première jeunesse l'un près de l'autre; mais leur tendresse mutuelle avait été si bien avouée à cet âge, et il leur avait semblé toute la vie si impossible qu'elle n'existât pas, que ce moment n'avait rien de nouveau à leur apprendre, rien à amener de plus dans leur destinée.

Ils avaient été élevés tous deux dans le comté de Salm : Louise, dans le couvent des Bernardines; Albert, dans le rustique château de ses aïeux. Ils s'étaient rencontrés à l'office divin et dans les processions que l'Église envoie au printemps parcourir les campagnes. Ils s'étaient vus souvent dans les simples réunions du château patriarcal, où il n'y avait ni princesse de Lorraine, ni comte Albert, mais seulement deux enfants qui s'aimaient sans y avoir songé; car, à cet âge, où l'on ne connaît pas l'indifférence, on ne distingue pas l'amour. Un jour, Louise avait témoigné le désir d'avoir un écureuil des montagnes : le lendemain, lorsque Albert, après avoir poursuivi le sauvage à travers les coteaux, les ravins, les blocs de granit, les pics neigeux, les ponts de rochers, le lui apporta captif entre ses mains déchirées, il trouva une belle cage de fils d'argent préparée pour le recevoir.

— Je savais bien, dit Louise, que vous me l'apporteriez.

Un jour aussi qu'Albert était malade et qu'on lui tendait une boisson repoussante :

— Attendez, dit-il, Louise va venir, et quand elle me la donnera, je pourrai la boire.

Et, en effet, Louise, un instant après, était à son chevet.

Depuis, ils avaient compris la distance qui séparait un pauvre noble, ne possédant guère d'autre or que celui qui dorait son écusson, et la riche héritière du duché de Lorraine. Ils en avaient souffert en même temps, en même temps le souci était monté à leurs fronts, la tristesse avait rempli leurs cœurs, leurs visages en avaient pâli ensemble, et ensemble l'insomnie avait rempli leurs nuits d'inquiétudes et de larmes.

En ce moment donc, sans trouble, sans embarras, sans rien de ce qui signale une première entrevue de solitude et de liberté, ils ne faisaient que continuer un long entretien d'amour commencé depuis qu'ils étaient au monde.

Cependant ils avaient la conscience de cet instant de bonheur et de sa rapidité : Albert sentait une douceur extrême à conduire mademoiselle de Vaudemont dans ces parages déserts qu'il avait tant de fois parcourus en rêvant à elle. Chacune de ses pensées les plus secrètes s'était attachée à l'une de ces touffes de genêt, à l'une de ces branches d'aubépine; il en avait semé la mousse des sentiers, et il les retrouvait sous ses pas avec les violettes et les marguerites; il avait mis tant de projets de bonheur dans le sein de ces grottes, tant de mirages enchanteurs dans le lointain de ces allées, que ces lieux étaient devenus son habitation, son intérieur, comme une maison étrangère devient la vôtre quand vous l'avez remplie des objets qui vous sont chers. Il avait un plaisir indicible à faire les honneurs à Louise de ses collines et de ses bois.

Ils allaient tous deux d'un pas égal et souple,

comme deux rameaux emportés par le vent. Louise racontait avec simplicité tout ce qu'elle avait éprouvé, la veille, de surprise et de tristesse en voyant le changement d'Alix, d'Alix, qui était devenue pour elle comme une femme d'un pays étranger, dont elle n'aurait plus compris le langage.

— Il faut bien se faire à cette cruelle pensée, que l'amour le plus ardent s'éteint et s'oublie, dit Albert.

Et en même temps il enveloppait la jeune fille du plus tendre regard; il éloignait d'une main attentive les jouantes tiges d'arbre qui auraient pu l'effleurer dans son chemin.

— Je ne sais pourquoi on parle toujours de fragilité à propos de l'amour, dit-elle; tous les sentiments sont passagers dans les âmes humaines. Ne voit-on pas, à tout moment, de jeunes femmes, amies la veille, s'oublier et parfois même se haïr le lendemain; des frères d'armes, qui ont fait bénir ensemble leurs épées, se servir de ce même fer pour s'entre-tuer dans l'ombre? Les liens même du sang ne sont pas plus solides : des parents se divisent aux moindres chocs des intérêts; les héritages sont pleins de querelles envenimées, et c'est au moment où la douleur devrait réunir les enfants du même père, qu'ils viennent se déchirer en face de son tombeau. Je suis bien jeune et bien ignorante; mais, hélas! il ne faut qu'avoir vécu quelques années à la cour pour connaître ces tristes choses! C'est que la plupart des âmes sont bien stériles d'affections, bien pauvres de constance : l'amour passe vite en elles, et on ne voit pas que tous les autres sentiments y passent de même...

— Mais il est des natures, bien rares en effet, chez qui le sentiment domine tout le reste.

— Pour celles-là, l'amour est inhérent à la vie et ne finira qu'avec elle.

— Le croyez-vous, Louise? cette idée rattacherait au monde.

— Albert, nous nous aimerons toujours.

— Pourriez-vous le jurer?

— Non, mais je le sens : je le sens, non comme une croyance qu'on adopte, mais comme une vérité qui se révèle.

— Louise! chère Louise! dit Albert en se laissant doucement glisser de son cheval, vous êtes fatiguée de la route; voici un banc de mousse séché par le soleil, venez un instant, un seul instant, vous y reposer près de moi.

Ils se placèrent tous deux sur une roche revêtue de mousse et de lierre, adossée à d'épais marronniers et jetée sur un courant d'eau qui tournait souplement autour d'elle.

— Mon amie, reprit Albert, dites-moi encore une parole de votre cœur, qui se dévoile comme un beau ciel et laisse voir toutes ses radieuses beautés; dites, si bientôt on voulait vous unir à quelqu'un des princes, appelés par leur haute fortune à prétendre à l'alliance de la princesse de Lorraine, que feriez-vous?

— La grandeur ne me toucherait point; vous le savez, j'ai des goûts modestes, peut-être même trop humbles pour mon rang. On se plaint de me voir préférer souvent les cabanes de nos vassaux aux salons de nos princes, les soins de la vie rurale aux fêtes de nos châteaux... Je ne sais pourquoi je me trouve si bien parmi nos solitudes des bruyères, si heureuse quand je gravis la colline où ne vivent que les chèvres et leurs pâtres; si tranquille quand

je me repose dans la chapelle isolée... On m'appelle dans le pays *Notre Dame des Champs*... Peut-être simple d'esprit, suis-je inférieure au monde où je dois vivre, et me trouvé-je seulement à la campagne au milieu d'objets en harmonie avec moi-même.

— Oui, vous êtes simple et agreste, Louise, mais c'est la simplicité de nos montagnes qui sont couvertes de mousse et de chaumières, et qui renferment de l'or et du cristal dans leur sein... Mais enfin, si la volonté de votre cousin, le duc de Lorraine, vous condamnait à une royale union...

— Je subirais la nécessité, parce qu'une jeune fille n'a aucun moyen de s'y soustraire; mais je vous aimerai toujours, je serai toujours malheureuse... Et un jour que le même souffle du vent qui règne aujourd'hui m'aurait apporté la fraîcheur de ces bois que nous parcourons ensemble, la senteur de ce marronnier qui nous ombrage, je m'échapperais de ma prison pour venir mourir ici...

Albert passa un bras frémissant autour de la taille de Louise sans oser la presser sur son sein; il leva sur elle ses yeux mouillés de larmes, et ses lèvres humides firent le mouvement d'un baiser qui, s'il eut pu le déposer, eût emporté toute son âme.

— Oh! Louise, Louise! dit-il, cette constance de votre cœur n'est-elle point une illusion qui vient compléter le bonheur dont nous jouissons aujourd'hui?

— Voyez ces tiges d'oseraie que le ruisseau gonflé vient d'atteindre : toutes se plient au cours de l'eau et, toujours fraîches et jolies, font étinceler au soleil leurs feuilles d'argent; mais une d'entre elles s'est brisée au lieu de céder, et l'abîme l'emporte...

Ils restèrent longtemps plongés tous deux dans les émotions les plus profondes du bonheur et de la tristesse, qui est encore le bonheur auprès de ce qu'on aime. Enfin ils reprirent leur route, et, après avoir tourné un de ces lacs si limpides dans lequel se mirent les sommets des Vosges, ils rejoignirent le prince de Lorraine. Là, le prince de Salm et son fils prirent congé des voyageurs, qui, peu d'heures après, arrivaient au château de Charles III.

Comme on était au pied des murs du manoir, le duc remarqua un mouvement inaccoutumé dans sa demeure. De nombreux équipages remplissaient les cours; sur les remparts, des uniformes différents se mêlaient aux livrées de ses hommes d'armes, et sur la tour la plus élevée flottait une bannière où les armes de France s'unissaient à celles de Lorraine.

Le duc entra sous le portail, et avant qu'il eût eu le temps de demander d'où venaient ces changements, son capitaine des gardes vint en toute hâte lui annoncer que des seigneurs français de la plus haute distinction étaient arrivés la veille peu d'instants après son départ, et, ayant une mission à remplir près de lui, étaient demeurés au château à attendre son retour.

Le duc de Lorraine se rendit seul dans le salon d'honneur pour y donner de suite audience à ses illustres hôtes.

Ces voyageurs étaient ceux dont l'escorte se croisait, la veille au matin, avec celle du duc de Lorraine, sur le chemin de la montagne, lorsque le pas d'un cheval avait détaché de la route un fragment de roche, qui, en roulant aux pieds de mademoiselle de Vaudémont, avait failli lui être funeste.

Tout le monde avait dit : *présage de malheur;* et l'écho de la roche avait longtemps répété : *malheur.*

C'était le marquis de Guast, qui venait, au nom de

son maître, demander la main de Louise de Lorraine pour Henri III, roi de France.

LE MARIAGE PAR PROCURATION.

Un jour de fête venait de se lever pour la capitale de la Lorraine : Nancy n'était plus, comme autrefois, un seul et majestueux palais, accompagné d'une église, d'un prieuré et de quelques habitations naissantes, que les descendants de Gérard d'Alsace élevèrent dans un bassin vaste et fertile, à deux lieues du confluent de la Moselle et de la Meurthe, lorsque cette race de princes, de pur sang de Lorraine, enfants de ses entrailles, voulurent donner une capitale à leur territoire, comme ils donnaient une âme de nationalité à son peuple. Ce n'était pourtant pas encore Nancy-la-Belle, telle que la fit Charles III, avec ses vastes places, ses bastions gigantesques, ses fontaines monumentales, ses mausolées historiques, où les *ducs royaux* dormaient glorieusement dans toutes les magnificences de la mort (1). C'était une ville accablée et ruinée par de longues luttes, où des chefs tout militaires avaient jeté pierre sur pierre pour se retrancher avec leurs soldats, où le *camp guerrier* avait envahi et étouffé la *cité* sous son armure.

Telle qu'elle était, toute sombre et irrégulière, les habitants s'occupaient à la parer de leur mieux, à décorer ses murailles de tentures et de guirlandes, sur le chemin où devait passer leur bien-aimée princesse de Lorraine, qui allait, ce jour-là, à l'église de Saint-Léopol, épouser le roi de France, représenté par le duc de Brancas. Les hommes dressaient contre les murs des pavois et des cerceaux ; les femmes apportaient sur les reposoirs ce qu'elles avaient de plus précieux dans leurs maisons, leurs flambeaux d'argent, leur madone de cire vierge, leurs courtines de soie, leurs vases de fleurs, leurs jeunes enfants, parés de robes blanches et de nœuds de rubans, car telle est l'habitude naïve de la bourgeoisie d'apporter sur les pas de ses princes les plus précieux objets de sa demeure, pour signifier les meilleurs sentiments de son âme, dont elle leur fait hommage.

Un jeune homme, vêtu d'un sombre manteau, d'une toque sans panache, et dont le maintien seul annonçait le haut rang, traversait rapidement cette population. Pâle de cette douleur sans espérance, qui est la mort de l'âme, son front se penchait vers la terre ; il semblait s'irriter de l'encombrement des rues, renversait d'un pied impatient les corbeilles de fleurs et marchait rapidement vers le palais ducal. Arrivé sous le péristyle, il s'appuya contre une colonne, paraissant n'avoir plus la force d'avancer davantage, et posa la main sur son cœur, comme si la vie l'abandonnait ; cependant il rappela quelque peu d'énergie, monta un escalier dérobé, ne paraissant désireux que de cacher sa présence, et gagna une

sombre galerie, d'où il pourrait voir passer la belle mariée que la royauté attendait à l'église, d'où il pourrait contempler encore celle qui allait se montrer pour la dernière fois Louise de Vaudemont et revenir au palais reine de France.

Le passage où il avait pénétré conduisait à l'appartement du duc de Brancas : il entendit un mouvement extraordinaire dans la chambre à coucher du plénipotentiaire ; il entr'ouvrit assez la portière pour pouvoir glisser son regard dans l'intérieur, et prêta toute son attention.

Un grand nombre d'officiers allaient et venaient en tout sens avec cette agitation que soulève un événement funeste et inattendu.

On venait de déposer sur son lit le duc de Brancas, qui, dans une chute de cheval arrivée à l'instant même, s'était démis la jambe droite. Le duc de Lorraine, le vieux prince de Salm et les seigneurs de la cour de Nancy s'empressaient autour de lui. Le jeune homme prêta l'oreille et entendit ce colloque :

— De par tous les diables, messeigneurs, disait l'envoyé de Henri III, il est moins dangereux de faire la guerre en Espagne, où je viens de batailler pendant une année, que de se promener pour son plaisir dans les chemins perdus de votre pays de loups : les flèches et les balles ne pleuvent pas sans cesse en Andalousie, et alors on traverse en assurance le plus agréable jardin ; tandis qu'ici on rencontre à chaque pas une pierre assassine, un détestable rocher qui fait cabrer votre cheval et vous envoie mesurer la terre comme un écolier à sa première leçon.

— Cela vient du manque d'habitude, mon cher seigneur, dit le duc de Lorraine : quand on est fait à ces chemins, ils deviennent aussi faciles que le plancher d'un salon.

— Oui, je conçois ; quand on est devenu cerf ou chamois, on chemine fort aisément parmi les rochers et les précipices... Mais, en attendant, me voici gisant sur mon lit et bien incapable de jouer le rôle de mari, qui m'était destiné aujourd'hui ; car, si même je pouvais me lever, je ne serais qu'un époux boiteux comme le seigneur Vulcain, ce qui serait de fort mauvais augure pour le roi, mon maître, que je représente.

— Monseigneur, il faut remettre la cérémonie, dit-on de tous côtés.

— Non, les jours sont comptés pour l'arrivée de la reine de France, et rien ne doit la retarder... Voyons, messeigneurs, qui de vous peut me remplacer et faire le mari en peinture ?

— Quelles sont les conditions que le roi exige pour son procureur, demanda-t-on ?

— Gentilhomme de nom et d'armes, sans reproche, noble de deux races, ayant servi dans des emplois considérables à la guerre, décoré de l'ordre du Saint-Esprit.

— Il n'y a, à la cour, que notre gracieux duc, dit un des gentilshommes, qui puisse remplir toutes ces exigences, et il est trop proche parent de la princesse de Lorraine pour tenir, à son mariage, la place de procureur.

— Vous vous trompez, messeigneurs, s'écria le prince de Salm avec fierté : mon fils est gentilhomme de nom et d'armes, sans reproche, Dieu le sait ! noble de deux races, et il porte sur sa poitrine l'ordre du Saint-Esprit, depuis le siège de La Rochelle, où il a combattu aux côtés du duc d'Anjou, maintenant roi de France.

---

(1) Le Lorrain de cette époque avait tant de respect pour la mort et lui offrait de si magnifiques tributs, que Charles le Téméraire, combattant contre les Lorrains et vaincu par eux, reçut cependant à la cathédrale de Nancy un superbe mausolée. On disait, en façon de proverbe, que les trois plus belles cérémonies à voir étaient le couronnement d'un empereur d'Allemagne à Francfort, le sacre d'un roi de France à Reims, l'enterrement d'un duc de Lorraine à Nancy.

Il entr'ouvrit assez la portière pour pouvoir glisser un regard dans l'intérieur. — Page 7 , col. 2.

— Qu'on aille donc chercher ce fils, dit le duc de Brancas, et que tout ceci se termine au plus vite.

Le comte Albert frémit de mille sensations violentes dans la retraite qui le cachait aux regards.

— Qui ! moi ! moi ! dit-il dans son cœur plein de rage : j'assisterais à cette cérémonie comme un valet remplit la commission de son maître, et ce maître serait l'époux de Louise, et cette commission serait de commencer pour lui les fastidieuses formalités du mariage ! de hâter ainsi l'instant qui les réunirait tous deux... O ! malédiction sur cette affreuse pensée !

Il se jeta éperdu sur le froid carreau de la galerie déserte ; des sanglots étouffaient sa poitrine, et il cacha sa tête brûlante dans ses mains, comme s'il avait reçu à la fois douleur et affront !... Au bout de quelques instants de ces angoisses, il releva la tête en tressaillant ; car son nom venait d'être prononcé dans la pièce voisine ; des officiers disaient qu'ils avaient demandé le comte de Salm au palais, sans pouvoir le rencontrer.

Il entendit son père s'écrier :

— Qu'on le cherche donc en tout lieu, car mon fils doit remplir ce devoir.

— Eh bien, oui, dit-il, en se dressant subitement de toute sa hauteur ; vous avez raison, mon père, c'est un devoir de courage, et je le remplirai... On se croit courageux parce qu'on a bravé la mort, la mort, mon Dieu, si peu de chose ! et on fuit devant la douleur... Non, il n'en sera pas ainsi ; la force d'âme n'est pas celle qui me manquera, et je ne faiblirai pas au combat des souffrances... D'ailleurs,

ajouta-t-il, en marchant à pas lents, le front baigné de froide sueur : il est des destinées de malheur qu'il faut parcourir jusqu'à leur dernière limite ; on goûte ensuite un horrible repos ; on n'a plus rien à craindre !... Allons donc mettre notre uniforme, nos armes d'honneur, nos croix, nos colliers, tous nos attributs de grandeur, puisqu'on nous trouve assez noble pour faire le simulacre d'un prince...

En ce moment Louise était à sa toilette de noces.

Elle s'habillait, elle se revêtait de tous ses ornements avec le calme d'une grande douleur qui a appelé un grand courage : comme on a vu souvent des condamnés dormir paisiblement avant l'heure de la mort.

Alix de Chavigny, sa première femme d'honneur, lui disait en lui plaçant sa couronne.

— Oh ! mon Dieu ! qu'il y a de biens, qu'il y a de jouissances, qu'il y a de désirs satisfaits, de lois imposées, dans ce simple diadème qui porte un écusson de fleurs de lys !

— Mettez cette couronne un peu plus bas, Alix, elle me fait mal.

— Elle vous va si bien, cependant ! Les Français en choisissant une fleur pour les insignes de la royauté ont semblé l'avoir faite exprès pour le front des femmes.

Est-ce déjà la messe que j'entends sonner ? demanda Louise.

— Et cette ceinture de soie blanche brodée de pierreries, comme elle montre bien que tous les trésors de la terre seront prodigués à la beauté sur le

J'avoue que l'extrême simplicité de votre costume blesse mes yeux. — Page 11, col. 2.

trône... Quel bonheur de s'approcher de son miroir, quand on a toutes les merveilles du monde pour se parer et tout un peuple pour vous regarder...

— Donnez-moi mon livre d'heures : celui que m'a remis ma mère mourante.

— Et les hommages, l'admiration, l'amour d'une nation entière, pourrait-on y être insensible!... Et l'illustration, la renommée qui viennent subitement avec le nom magique de reine! Partout où passe une souveraine, chacun la connaît d'avance, la nomme, brûle de la voir; elle voyage dans une atmosphère de louanges, de prières, d'encens, comme une divinité dans un nuage du ciel...

— Alix, achevez bien vite de m'habiller, car l'heure s'avance, et je voudrais avoir un instant pour prier seule avant la cérémonie.

— Je n'ai plus que vos diamants à attacher... Je vais maintenant suspendre votre aumônière à votre ceinture. Elle a aussi l'écusson fleurdelisé; et voici du moins un ornement royal qu'il vous sera doux de porter, car c'est là dedans qu'on puise la consolation des malheureux, et l'aumônière d'une reine ne tarit jamais.

— Vous me montrez là, ma chère Alix, le beau côté de ma destinée, tout mon bonheur de l'avenir, et je vous en remercie.

En ce moment, on vint annoncer à la princesse l'accident arrivé au duc de Brancas et le choix qu'on avait fait du comte Albert de Salm pour le remplacer.

Cette circonstance ne s'offrit pas sous un jour aussi cruel aux yeux de Louise qu'à ceux son amant; dans son amour plus pur, plus spiritualisé que celui du jeune homme, elle ne comprit pas cette amère ironie du sort qu'il trouvait, lui, dans ce rapprochement. Elle vit avec douceur qu'elle resterait quelques instants de plus auprès de ce qu'elle aimait avant d'être livrée à des mains étrangères, et ne vit que cela.

Quelques instants après, la messe du mariage se célébrait.

Les époux étaient au pied de l'autel, dans la cathédrale Saint-Léopold. Les officiers envoyés par la cour de France étaient agenouillés sous un dais de velours, du côté du représentant du roi. Les jeunes filles de l'âge de Louise, ses amies et ses compagnes, priaient auprès d'elle. Le chœur était rempli par les personnages de la cour. Dans la nef, dans les collatéraux, et jusque sur le parvis de l'église, s'étendait une foule innombrable; et les magnificences de l'autel, les rayons du tabernacle, l'éclat majestueux des habits pontificaux, toute la splendeur déployée là venait se refléter sur les visages de cette population, en joyeux enthousiasme, en sourires de béatitude.

Les chants de l'église exhalaient des hymnes d'allégresse, l'orgue leur répondait en mêlant à ses notes sublimes des accents d'amour réservés pour ce moment. Des oiseaux placés au pied de l'autel, et qu'on devait lâcher à la fin de l'office, comme c'était alors l'usage en toute grande solennité, voyaient déjà, par les ogives ouvertes, le ciel bleu où ils allaient s'envoler, et battaient les ailes de joie.

Tout resplendissait, chantait, souriait autour des deux amants, pour rendre leurs angoisses plus cruelles.

La profonde pâleur d'Albert, l'altération de ses traits, le cercle d'ombre tracé autour de ses yeux étincelants, le mouvement fébrile qui l'agitait sourdement révélaient la tourmente de son âme, qui, alors, passa dans le sein de Louise. Elle fut près de perdre toute force, toute résolution, car maintenant elle souffrait en lui.

Des mausolées rangés dans le chœur, et où reposaient les anciens ducs de Lorraine, faisaient la principale richesse de l'église. On avait cherché à dissimuler la tristesse de ces monuments, en les couvrant d'un voile de fleurs, mais partout les croix, les ossements, les attributs de la mort, perçaient le fragile réseau de roses et de jasmins. Albert et Louise regardèrent ensemble ces sépultures mal cachées sous un voile de fête, et leurs mains, placées l'une dans l'autre, se serrèrent en même temps.

— Oui, dit tout bas le jeune comte, c'est bien là l'emblème de notre mariage.

Chaque instant ajoutait à l'horreur de cette situation, où le sort joignait l'ironie au plus cruel malheur.

Le prêtre faisait tomber sur leurs fronts les paroles sacrées qui lient deux êtres l'un à l'autre, et c'était un vain simulacre : l'anneau passa de la main glacée d'Albert au doigt de Louise, et c'était le premier anneau de la chaîne qui l'unissait à un autre ; on leur fit prononcer le serment de s'aimer toujours... Ce serment, il s'était exhalé de leur âme dès qu'ils avaient pu sentir ; ils le ratifiaient maintenant devant Dieu et les hommes, et c'était pour qu'il vînt les séparer à jamais ; ces paroles de leur cœur, de leur sang, du fond de leurs entrailles, on en faisait un horrible mensonge.

Un instant Louise fut près de s'écrier :

— Mon Dieu, mon Dieu ! mais tout cela est vrai ! mais c'est lui que j'aime, c'est à lui que je suis unie... Laissez-moi à mon époux, respectez le lien des cœurs, le lien que Dieu forme lui-même, et le seul qu'il bénisse... Laissez-moi auprès de lui, vivre et mourir obscure, au milieu de ces plantes de mon pays, dont les rameaux jetés sur les pavés de votre temple, m'apportent les parfums de la terre natale.... Éloignez toutes ces pompes ; je ne suis pas la reine de France, je suis la femme d'Albert. Faites un instant briller la vérité : la vérité seule doit paraître au pied de l'autel. Qu'un seul éclair de cette lumière céleste vienne donner la réalité à l'union que vous formez, et tout mon sort est changé, et je n'aurai plus que des bénédictions pour le ciel et pour les hommes !...

Mais la nécessité implacable ferma ses lèvres, et la cérémonie continua.

Comme elle était près de s'achever, Louise et son amant entendirent la cloche, soulevée par le vent au sommet du campanille, sonner des coups lents et inégaux comme pour une agonie. Au-dessus des chants de fête de l'église, cette cloche était comme un prophète qui voit plus loin que la foule, et tandis que tout disait *mariage*, elle disait *funérailles*... Eux seuls entendirent cette voix, et surent la comprendre.

Enfin l'office était terminé. On donna la volée aux oiseaux qui s'élevèrent en chantant et reprirent la liberté des airs... Mais la princesse de Lorraine était enchaînée à jamais. Elle s'affaissa pâle et glacée sur le pavé du temple.

On s'empressa autour de celle qu'on croyait accablée seulement par l'impression trop vive de ce moment : une tendre pitié fut le premier sentiment qu'inspira la reine de France. Elle avait peine à se soutenir ; on la transporta dans une des chapelles de la cathédrale, tandis que tout le cortége commençait à défiler par la porte principale. Alix et les femmes qui entouraient la reine virent qu'elle ne pourrait rentrer au palais sur le superbe palefroi qu'on lui avait préparé pour que le peuple jouît mieux de sa vue : elles s'éloignèrent pour lui faire préparer une litière. Louise et Albert restèrent un instant seuls dans la chapelle du Saint-Esprit, mais en vue de toute l'église, et à deux pas des assistants qui s'y trouvaient encore.

Ils étaient appuyés contre un tombeau de marbre, car la mort, souveraine en ce lieu, s'emparait de toutes les parties de la cathédrale, et leurs pâles figures se confondaient avec celle du mausolée. Le soleil, passant à travers les vitraux peints des ogives, semait leurs reflets dans l'intérieur de la chapelle, et l'ombre que projetait la palme d'un martyr vint couronner le front des deux amants...

Un saint courage se ranima cependant dans l'âme de la jeune fille ; elle leva sur Albert un regard interrogateur et lui dit :

— Albert, si vous étiez condamné à mourir demain, pâliriez-vous ?

— Non, répondit-il avec un sourire amer, cette pensée ne me troublerait pas, au contraire.

— Eh bien, ce que nous avons à subir n'est, après tout, que la mort ; c'est la séparation de l'âme et du corps qu'elle habitait : nos restes mortels seront jetés où la nécessité le voudra, mais nos âmes vivront toujours unies dans l'amour.

— C'est mourir bien jeunes et sans avoir vécu.

— Nous subissons une loi commune... A cet autel de mariage que nous venons de quitter, à cet autel qu'on pare de tant de flambeaux en signe de vie, de tant de fleurs en signe de joie, combien de larmes coulent dans le sein de ceux à qui on prétend offrir cette vie et ce bonheur. Dans nos temps où la fortune, la naissance, les convenances sociales décident seules des mariages, combien d'êtres sont séparés de leurs chères affections par la réalité de ce nœud, comme nous l'avons été par la vaine apparence de celui qui vient d'être formé : alors, les paroles du prêtre ont perdu le pouvoir d'unir, la consécration de l'amour tombe sur des cœurs où l'amour n'est pas, et le mariage devient, comme aujourd'hui, un triste simulacre.

— Oh ! non, jamais les lois humaines n'ont été si cruelles, jamais, du moins, elles n'ont forcé des malheureux à se déchirer ainsi eux-mêmes... Voilà-t-il assez de mensonges ! s'écria-t-il, et, comme il baissait la voix pour n'être pas entendu des personnes qui se trouvaient à peu de distance, cette concentration donnait à ses accents quelque chose de plus sombre et de plus terrible. Par un caprice infernal, les hommes ont forcé les choses saintes à mentir ; les paroles du sacrifice mentaient ; ce poële qui nous enveloppait tous deux mentait ; cet anneau qui nous unissait l'un à l'autre mentait ; notre serment était un blasphème... Que toute cette cérémonie d'imposture et d'outrages retombe sur la tête de ceux qui l'ont voulue, comme le plus horrible sacrilége !...

Que les murailles de ce temple tombent en poussière,
et que ses ruines soient maudites!...

— Silence! silence, malheureux! ne souillons pas
le malheur par la méchanceté.

— Si vous saviez tout ce que j'ai souffert pendant
l'heure qui vient de s'écouler!... Parfois je croyais
voir s'accomplir la consécration céleste qui nous
unissait dans l'éternité; je sentais tomber sur nous
la bénédiction de Dieu, des harpes d'un son inconnu
jusque-là résonnaient dans le lointain, des ailes
d'anges rafraîchissaient l'air qui baignait mon front...
Puis, tout-à-coup, un des cierges de cette enceinte
venait jeter un éclair rouge dans mes yeux, et tout
changeait de forme : ces prêtres devenaient des
spectres hideux qui tournaient autour d'un autel couvert de victimes; j'entendais des grincements de fer;
des chaînes tombaient sur nous et nous étouffaient;
les tombeaux s'entr'ouvraient et les morts étaient les
chantres qui chantaient pour nous l'office funéraire;
tout ce que je touchais me semblait glacé comme la
tombe, et je croyais sentir déjà votre main se refroi-
dir dans la mienne... O Louise! Louise!...

— Et au milieu de tous ces troubles de l'âme, pas
un moment pour la prière et la résignation!

— Prier! me résigner! quand tout m'était ravi, et
qu'une moquerie infernale prenait plaisir à dérouler
devant moi tout ce que je perdais... De hideuses sor-
cières, pour composer leur philtre avec les entrailles
d'un être mort de désir, faisaient autrefois expirer
un enfant de faim en lui montrant tous les fruits dont
il était avide : ainsi les barbares me montraient dans
mon agonie tout ce que je brûlais de posséder; votre
main, Louise, votre main pour qui j'aurais donné
tous les biens de la terre et du ciel, était dans la
mienne, votre voix que j'adore résonnait pour moi
et faisait entendre le serment d'aimer toujours, votre
corps flexible et penché était près de tomber dans
mes bras!... Et corps et âme, trésors bénis, tout
était à Henri III!...

— Non, Albert, non. Rappelez-vous ce que je vous
ai dit au fond de nos bois, sur cette roche où nous
nous sommes assis un instant : *Je ne vous verrai
plus, mais je vous aimerai toujours.*

— Et maintenant!

— Maintenant je vous le dis encore. Voyez cet anneau que vous venez de passer à mon doigt.

— C'est le mien. Mon chiffre est gravé dans l'intérieur.

— Eh bien, cet anneau est le signe de l'union
éternelle de nos âmes; tant qu'il restera à mon doigt
vous serez assuré que je vous aime, et quand il me
quittera, j'aurai cessé d'exister.

— Est-il bien vrai?

— Je vous le jure.

— Louise, vous venez, par cette parole, de briser
la dague qui devait me percer le cœur demain.

L'escorte royale était rangée sous le portail. On
vint chercher la princesse de Lorraine. Albert, en
sortant de l'église, alla se précipiter dans la solitude
où il devait vivre longtemps d'amour et de regret.
Le monde et les grandeurs s'emparèrent de la jeune
reine de France, qui traversa la ville au milieu du
cortége le plus fastueux et le plus imposant qui se
puisse imaginer.

La population, après l'avoir vue passer, s'écoula
lentement par toutes les issues, et le souvenir de la
pompe qui avait été déployée dans ce jour, lui fit
dire longtemps en voyant une femme à laquelle la
fortune venait sourire : —*Heureuse comme une reine.*

— Votre gracieuse majesté veut-elle bien permettre à un humble sujet de lui présenter ses hommages?

La femme à qui ces paroles étaient adressées,
dans le grand salon du Louvre, tressaillit, leva les
yeux avec une espèce de terreur et ferma vivement
une bible qu'elle tenait entr'ouverte.

C'était le premier jour où la jeune reine de France,
échappée à toutes les fêtes qui avaient célébré sa
bonne venue et son couronnement, se trouvait seule
avec quelques-unes de ses femmes, et prenait pos-
session de la vie régulière qu'elle allait mener désormais. Lorsqu'elle vit entrer son royal époux, qui
pour la première fois l'abordait avec une sorte d'intimité, elle ne put s'empêcher d'éprouver à son aspect un froid saisissement, malgré le ton de galan-
terie qu'il mettait dans ses paroles.

— Je recevrai toujours avec reconnaissance, sire,
lui dit-elle, les instants que vous voudrez bien m'ac-
corder.

Henri III s'assit en face de la reine; les dames
d'honneur allèrent se placer à quelque distance.

Louise prit sa tapisserie, et tint les yeux baissés
avec un mélange de timidité et de recueillement.

— Madame, dit Henri III, après l'avoir considérée
quelques instants en silence, vous êtes belle, vous
êtes aussi belle que la renommée l'avait proclamé,
en vous peignant comme une des femmes les plus
merveilleusement douées de la nature. Toutes les
toilettes vous vont sans doute admirablement bien :
cependant j'avoue que l'extrême simplicité de votre
costume blesse mes yeux. J'aimerais à vous voir,
même dans votre intérieur, un vêtement dont le caractère vous distinguât de vos sujettes.

Louise fut étonnée qu'au milieu des graves devoirs
imposés à une souveraine, la première instruction de
son époux se portât sur la robe qu'elle devait mettre;
cependant elle répondit avec douceur :

— Sire, il en sera fait selon votre volonté.

Henri III était beau et bien fait de sa personne.
La noblesse chevaleresque de ses aïeux était dans
son sang et parfois dans son âme. Il y avait joint
tous les vices de son temps et de sa nature défec-
tueuse. Sa physionomie variait de l'expression élevée
d'un héros à l'air hébété d'un libertin vulgaire : son
caractère offrait alternativement le courage martial,
la sensibilité exquise, l'abrutissement de la débauche,
les petitesses d'une vanité niaise, les extravagances
d'une dévotion mesquine et fantasque. Plus tard la
belle moitié de son âme s'effaça entièrement.

— Si vous voulez bien, dit-il en continuant de s'a-
dresser à la reine, je vais vous faire part de l'emploi
de nos journées pendant cette semaine. Demain est
l'anniversaire de la victoire de Montcontour, que
j'ai remportée à l'âge de vingt-un ans, au grand
ébahissement de nos généraux en barbe blanche. La
ville de Paris célèbre cette journée par une joute
d'armes à laquelle vous me ferez plaisir d'assister.
Tous nos princes et seigneurs y viendront bannière
déployées : c'est un trophée d'armes qu'ils veulent
offrir à ma gloire militaire, et votre présence en sera
la plus belle couronne.

— Ce sera un grand bonheur pour moi, répondit
Louise, de joindre mes hommages à ceux qui vous
seront offerts en souvenir d'une valeur qui a fait à
juste titre l'admiration de toute la France.

— Après-demain est le jour de l'Ascension, et nous le consacrerons aux exercices de piété.

— Assurément, monseigneur, nous assisterons au saint sacrifice, et nous emploierons le reste du temps à répandre de bonnes œuvres.

— Non. Je vous laisserai, s'il vous plaît, suivre sans moi les offices de l'église et je ferai avec mes pénitents blancs une procession dans la ville, après laquelle toute la confrérie et moi nous irons souper chez Joyeuse, qui a les meilleurs vins du royaume, les chanteurs les plus renommés et les plus avenantes danseuses : car, selon l'Écriture, le repos doit venir après la prière..... Le jour suivant est destiné à un service funèbre en l'honneur de la princesse de Clèves que j'ai beaucoup aimée, et vous ne vous offenserez pas, j'aime à le croire, des regrets que je lui porte et des honneurs que je me plais à rendre à sa mémoire.

Louise avait entendu parler de la passion réelle et profonde que Henri III avait conçue pour Marie de Clèves, princesse de Condé, et cette ouverture du prince, bien loin de la blesser, lui donna le premier mouvement de sympathie qu'elle eût éprouvé pour Henri ; elle entrevit un point de rapport entre leurs cœurs : ils avaient tous deux un amour brisé dans le sein, et cette similitude pourrait les unir du moins par un côté de leur âme.

— Bien loin d'en souffrir, répondit-elle, il me sera doux d'entendre parler de celle qui vous a fait éprouver un attachement si durable et qui a montré toute la sensibilité et la constance de votre cœur.

— Oui, dit le prince, je l'ai passionnément aimée et plus que toute autre femme. En même temps j'étais fort épris de Renée de Rieux, la femme, comme vous le savez, la plus célèbre de la cour ; mais cet amour ne nuisait en rien à celui que je portais à Marie de Clèves, car il était tout différent. Je savais très-bien ce qui me faisait arder le cœur devant la belle mademoiselle de Rieux, dont les prunelles inondées de lumières et les formes voluptueuses allumeraient le désir dans un sein de marbre ; tandis que le sentiment qui m'entraînait vers la princesse de Clèves était enveloppé pour moi-même d'un mystère impénétrable qui lui donnait quelque chose de divin.

— Comment ?

— Oui, des circonstances peu communes ont présidé à la naissance de cet amour et à sa fin cruelle. Il y avait six jours que Marie de Clèves était à la cour, lorsque le 18 août 1572, j'assistai à son mariage avec le prince de Condé, qui se célébra le même jour que celui de ma sœur Marguerite avec le roi de Navarre. Pendant le bal qui suivit la cérémonie, me trouvant accablé de chaleur, j'entrai dans un vestiaire pour me reposer un instant et raccommoder ma coiffure ; je pris pour m'essuyer le front un mouchoir qui tomba sous ma main ; j'y trouvai une senteur particulière, plus douce, plus pénétrante que tout ce qu'exhale le calice des fleurs, plus pure, plus délicate que tout ce que nos chimistes savent composer : c'était une odeur suave, enivrante, mais qui semblait arriver plutôt à l'âme qu'aux sens.

— C'était le mouchoir de Marie de Clèves.

— Je le reconnus aux broderies qui traçaient sur la toile les chiffres et les armes de la princesse. Je rentrai au bal, et j'éprouvai en voyant Marie une émotion, un trouble d'autant plus extraordinaire qu'elle m'avait été présentée les jours précédents, et que loin d'être frappé de sa beauté, je l'avais vue

avec beaucoup d'indifférence. Je dansai avec elle, et en retrouvant dans l'atmosphère qui l'entourait ce parfum d'une plante du ciel, je sentis tous les transports, tous les tourments et tous les délices d'une passion violente (1). Elle absorba tellement mes pensées que mon élection au trône de Pologne, qui survint peu de temps après, me sembla plutôt un exil qu'une royauté. Tout le temps que je passai dans ce royaume étranger je ne trouvai de consolation qu'en écrivant chaque jour à Marie. Le fidèle Souvray, mon valet de chambre, était près de moi, il m'ouvrait une veine avec la pointe de son poignard, et je traçais mes lettres d'amour avec mon sang (2).

— Lorsque la mort de votre frère vous rappela dans votre beau pays, et vous y rappela en souverain, vous dûtes bien souffrir des nœuds qui unissaient Marie au prince de Condé, et vous empêchaient de lui offrir le trône de France ?

— Je songeai à les briser, à faire annuler le mariage de la princesse de Clèves, ce qui eût été facile à obtenir de la cour de Rome, parce que le prince de Condé était huguenot ; mais, dans le moment même où j'allais vaincre cet obstacle et voir couronner mes espérances, la mort m'enleva ma maîtresse en quelques heures, sans qu'on pût découvrir en son corps aucune trace de maladie ni de poison... Je lui fis élever à Saint-Germain-des-Prés un tombeau dont je traçai moi-même le dessin ; et l'impression que me causa cette perte fut si violente, que, quatre mois après, en entrant dans cette église, pour la première fois depuis que Marie y reposait, je crus sentir dans l'encens de l'autel quelque chose de ce parfum qu'elle répandait autour d'elle, et je tombai sans mouvement auprès de son corps glacé (3).

— Et vous voulez passer le jour du service funèbre que vous lui destinez, en méditations, en pleurs, en prières !... Ah ! je conçois bien ce désir ! je comprends bien toute votre douleur, dit Louise, en prenant la main de Henri avec une tendresse de sœur !

— Oui, dit-il ; et puis, je veux ordonner des pompes funéraires telles qu'on n'en aura jamais vu de semblables. J'ai pourtant fait élever de bien belles tombes à Quélus et à Maugiron, dans l'église de Saint-Paul, où on les voit ornées des statues de Vénus et de l'Amour, et l'évêque de Nevers a prononcé devant elles une magnifique oraison funèbre. Mais je ferai à Marie de Clèves un catafalque et une chapelle ardente dignes d'une reine. De plus, je vais, de concert avec Souvray, qui m'aidera dans ce travail, me composer un deuil d'une tristesse inimaginable ; j'aurai un vêtement entièrement noir, où seront brodés en très-fines perles des petites têtes de mort et ossements croisés. Ces têtes de mort et ossements seront également semés sur mes aiguillettes, rubans et passementeries : j'en aurai jusque sur les rosettes de mes souliers... Cet habit coûtera six mille écus (4).

Le silence de ce vaste salon du Louvre où les dames d'honneur travaillaient sans bruit, où la reine écoutait attentivement ce qu'elle entendait d'étrange, n'était troublé que par les paroles bizarres et lugubres de Henri... En ce moment on entendit sous les fenêtres un son argentin de sonnettes mêlé au souffle

(1) Mémoires sur les trois derniers Valois, p. 159.
(2) Mémoires sur les trois derniers Valois, p. 160.
(3) Mathieu, t. vii, p. 386.
(4) Mémoires de la reine Marguerite, de Brantôme, etc.

joyeux du cor qui se répandait dans les airs : c'était le départ de la chasse, et Henri III se leva précipitamment, ne voulant pas faire attendre ses faucons qu'il aimait de toutes les ardeurs de son âme, et encore mieux que ses tombeaux et ses fêtes funèbres.

Louise demeura dans un étonnement extrême : ces amours de Henri III, dont il venait de lui faire part avec tant de franchise, ce mouchoir miraculeux, ces lettres de sang, ce deuil singulier et emphatique, tous ces accessoires étranges et de mauvais goût, ajoutés à une passion aussi grande par elle-même que l'amour, lui causaient une répulsion profonde ; tout cela était si loin du sentiment pur et vrai qu'elle avait éprouvé dans son âme, où il était aussi simple, aussi naturel d'aimer que de vivre !

Henri s'éloigna, elle demeura seule.

Les premiers jours de son arrivée en France avaient été tellement remplis par une suite de fêtes, de jeux, de tournois, qu'il lui avait été impossible de se reconnaître et de se replier un instant sur elle-même. Partout, sur son passage, la joie du peuple s'était manifestée par les divertissements frénétiques de ces temps, et avait marqué ses pas d'une espèce d'épouvante. Elle avait passé toute sa vie au fond d'une province majestueuse et calme, dans une ville patriarcale et religieuse, où chaque angélus du soir et du matin trouvait le silence, la paix et le recueillement, et elle tombait au milieu d'un royaume relâché, turbulent, perverti, et ce royaume en fête soulevait devant elle toute sa folle rumeur. Ici des travestissements où chaque personnage était devenu dieu ou diable ; ici, des tableaux allégoriques où elle se voyait représentée elle-même échevelée et demi-nue ; ici, des illuminations qui faisaient courir dans les airs sombres des serpents de feu ; puis des musiques bruyantes comme des éclats de tonnerre qui semblaient ébranler le sol sous ses pas ; tout un peuple masqué, fantastique, démoniaque, toute une existence ivre et folle, dont elle ne sentait que la fièvre et l'étourdissement.

Elle s'était trouvée délivrée tout à coup de ces fêtes, et il s'était fait autour d'elle, après le tumulte, un silence froid, qui, loin de sa famille et de son pays, ne lui avait laissé que l'isolement. Au milieu de cette cour étrangère, elle n'avait d'ancienne affection que Alix de Chavigny, venue à sa suite en qualité de première dame d'honneur, et dans toute la foule où ses yeux se promenaient, que la figure de François de Brienne, connue dès son enfance, et dont la vue la reportait au sein de son pays natal.

Ce matin-là, au moment où elle était descendue dans le grand salon du Louvre pour y prendre son ouvrage à l'aiguille au milieu de ses femmes, une impression bien vive était venue la saisir : en ouvrant sa bible, pour commencer la journée par une sainte lecture, elle avait trouvé entre les pages une légère feuille de papier où elle avait reconnu l'écriture du comte de Salm ; tremblante de surprise et d'émotion, elle y avait lu ces lignes :

« Un mot de vous m'a retenu à la vie que j'allais quitter ; mais, à présent, que votre destinée est si changée, vos sentiments sont-ils toujours les mêmes? J'ai besoin d'entendre ratifier la promesse que Louise de Vaudemont m'a faite par Louise, reine de France ; j'en ai besoin pour supporter cette existence à laquelle vous m'avez condamné, autrement je ne vous le demanderais pas. Dites-moi donc encore une fois si vous voulez que je vive, dites-moi : notre amour est aussi pur que le ciel, mais de même qu'il a commencé avec notre existence, il ne finira qu'avec elle.

« ALBERT DE SALM. »

Et Louise achevait de lire ce billet, quand Henri III s'était présenté subitement à sa vue.

En entendant son époux lui parler avec tant de franchise de ses sentiment passés, elle avait senti un vif remords du secret qu'elle gardait dans son sein.

Les jours suivants, elle médita pieusement les devoirs de sa position. L'amour qu'elle portait à Albert était pur et saint comme l'amour de Dieu même ; elle sentait qu'il avait les premiers droits, et qu'elle devait en entretenir le souvenir sacré dans son âme. Cependant, le mensonge silencieux qu'elle faisait à son seigneur et maître, en lui cachant tout son passé d'amour, pesait sur sa conscience comme une trahison négative, qui, pour être sans résultat, n'était pas sans crime.

Elle essaya d'aplanir, autant que possible, les difficultés morales de la destinée qui lui avait été faite, et répondit aux différentes voix de son âme pieuse et tendre par cette ferme résolution.

— L'amour est involontaire ; je ne dispose pas des sentiments de mon cœur ; ils vont où Dieu les guide, sans doute, puisqu'il les soustrait à ma volonté... Tant que Albert sera loin de moi, je pourrai lui donner cette partie immatérielle de mon être. Mais si jamais son désir ou les circonstances l'appelaient à la cour de France, je serais forcée à un aveu qui devrait nous séparer. Je ne profiterai pas de l'erreur du roi pour jouir perfidement de la vue de mon amant... Non, je le sens, le ciel veille sur moi, je ne m'exposerai pas à commettre l'infidélité d'un regard, l'adultère d'une parole d'amour... Si je n'ai pu conserver les mœurs simples, la paisible existence de nos vallées chéries, j'en garderai du moins la franchise et l'honneur.

Un jour elle rêvait ainsi, en travaillant devant une des fenêtres du Louvre qui donnait sur la Seine. Elle relisait souvent les lignes tracées par Albert. Elle avait placé le billet entr'ouvert dans la corbeille qui contenait les pelotons de soie de sa tapisserie, et tout en choisissant leurs nuances, elle suivait de l'œil ces caractères chéris et se livrait à leur adoration.

Au bout de quelques instants, le jour s'obscurcit tout à coup, une ombre épaisse se répandit devant ses yeux, toutes les couleurs de la soie se confondirent, les traits du billet adoré disparurent à ses regards. Elle leva les yeux vers la fenêtre ; l'espace était rempli d'une masse d'ombre plombée qui penchait jusqu'au fleuve ; c'était un de ces moments où la voûte du ciel, noire d'orage, s'abaisse sur la terre, l'enveloppe et l'écrase. Ces ténèbres si sombres au dehors étaient redoublées à l'intérieur par l'obscurité naturelle de la salle... Soudain, au milieu de cette nuit, Louise vit un spectre, un être sans nom, d'une pâleur effrayante, couvert de lugubres vêtements, de draperies noires et de têtes de morts. Un cri d'effroi fut prêt à sortir de sa bouche, mais la sinistre apparition s'approcha, et une parole prononcée par le fantôme lui fit reconnaître Henri III.

C'était le jour du service funèbre de Marie de Clèves et le prince portait le singulier deuil dont il avait fait la description à Louise peu de temps auparavant. L'émotion qu'il avait éprouvée près de cette tombe magique couvrait encore son front d'une blancheur de mort, mais par la bizarre légèreté de son caractère, l'insouciance et la distraction se peignaient déjà seules sur ses traits.

— Vrai Dieu, madame, dit-il, nous nous sommes trouvés violemment menacés par l'orage en sortant de l'église, et au lieu de batailler contre un ennemi avec lequel on n'est jamais vainqueur, nous venons tête baissée nous réfugier près de vous.

Alors il s'assit à côté d'elle et se mit à regarder avec l'attention d'un enfant les bouquets de fleurs que son aiguille avait tracés sur le canevas. Puis, fouillant dans la corbeille d'ouvrage, il prit les pelotons de laine et s'en fit un jeu en les croisant en l'air et en les reprenant avec dextérité.

— Qu'est-ce que ceci? dit-il en s'emparant d'un papier qui s'y trouvait mêlé.

Louise sentit comme le froid d'une lame entrer dans son sein; elle demeura pâle, immobile, atterrée.

— Ah! dit-il, ce sont des vers de ma sœur Marguerite. Car c'était en effet quelques poésies de la reine de Navarre, posées aussi dans cette corbeille d'ouvrage qui venait de se trouver sous sa main.

La chaleur revint au cœur de Louise en entendant ces paroles. Elle regarda le prince et lui dit, avec ce sourire d'une âme soulagée qui exhale un bonheur indicible :

— Oui, c'est une *villanelle*, d'une mélancolie et d'une tendresse ravissantes...

— Je rends grande justice à l'esprit de ma sœur, reprit-il; mais à cette occasion, je dois vous dire qu'il me s rait peu agréable de vous voir dans une intimité trop profonde avec la reine Marguerite. Chez les femmes, *science et sagesse* ne sont point une même chose, comme chez les anciens philosophes. Au contraire, l'art d'écrire leur trouble bien plus la raison qu'il ne la sert; les femmes de *plume* sont des femmes fort *légères*, soit dit sans mauvais jeu de mots. Ma sœur, à force de rimer, pense en vers comme elle écrit, et vous savez que la morale de la poésie est très-facile et très-galante. Or, la reine de Navarre instruit à cette morale les hommes de sa cour, et partant, je craindrais fort que, nourris à de si bons principes, il s'en trouvât quelques-uns à qui votre beauté fit oublier votre rang.

— Sire !...

— Oh! je sais que vous ne le croyez point... mais à ce propos, je pense que vous ne m'avez point parlé de vos anciennes conquêtes...

Louise frissonna, et regarda le prince avec une terreur qu'il prit pour de l'étonnement.

— Oui, de vos conquêtes en Lorraine, ajouta-t-il. On m'a dit que vous aviez inspiré une passion profonde au jeune comte de Salm, et que vous n'aviez pas laissé d'y être quelque peu sensible...

Le cœur de Louise battait à lui briser la poitrine; elle se crut à un moment décisif de sa vie.

— Mais je n'en crois rien, ajouta le roi. J'ai vu le comte Albert après la bataille de Jarnac et au siège de la Rochelle; c'est un homme de cœur, à la vérité, un digne combattant, plein de valeur et de prudence; mais grave et sévère, peu fait pour tourner la tête d'une femme... Je me méfierais plutôt de ce petit François de Brienne, joli garçon, mauvais sujet s'il en fut jamais, et qui vous a aussi, dit-on, adressé ses hommages.

— Sire, répondit la jeune femme en reprenant les couleurs de son teint et en respirant de nouveau, je n'ai jam is eu connaissance de cet amour, s'il m'en était parvenu quelque chose, je n'aurais pas souffert qu'il se manifestât.

— Oh ! je ne doute pas, madame, de la pureté de vos principes, je sais que vous avez été élevée chez les bénédictines du comté de Salm. Et la preuve que j'ai toute confiance en vous et ne crois nullement, comme je vous le disais tout à l'heure, à votre prétendue passion de jeune fille, c'est que je viens de faire écrire au comte de Salm de se rendre à ma cour, où je veux lui donner une place de co'onel des gardes, vacante par la mort de mon pauvre Saint-Mégrin.

Louise demeura atterrée et palpitante, sous la violence de ses émotions... Albert reviendrait !... Elle pourrait le revoir !... Mais c'était là ce qu'elle avait juré à l'instant même d'éviter, aux dépens même de son bonheur.

Le sentiment qu'elle s'était permis pour Albert était un culte où on adore Dieu sans le voir, et elle ne voulait point aller au delà. Le moment était donc venu d'un aveu déchirant; elle devait le faire, dût-il même être une cruauté envers Albert. C'était elle qui avait rendu l'arrêt implacable, elle devait le suivre.

Mais comment faire cet aveu?... Sa pensée troublée ne lui offrait aucun secours... Elle entr'ouvrait les lèvres pour parler, une main de fer serrait sa poitrine, et elle n'avait plus dans sa bouche desséchée qu'un souffle froid qui n'articulait aucun son... Après avoir vainement renouvelé ses efforts, prié Dieu pour qu'il lui donnât aide et courage, elle prit un parti décisif, qui la sauvait du moins de ses angoisses. Elle demanda en tremblant au roi la permission de se retirer pour donner quelques ordres, et se levant très-vivement, elle renversa, comme par mégarde, sa corbeille d'ouvrage, qui, en tombant, fit rouler aux pieds de Henri les pelotons de laine déroulés, et le billet du comte de Salm, entr'ouvert.

EXILÉE SUR LE TRONE.

O vous toutes, jeunes femmes à qui la nature a dit : Vous aimerez ici; à qui le mariage a dit : Vous serez enchaînée là, vous vivrez dans l'ombre comme le phalène; votre âme, comme ses ailes, ne s'envole que dans la nuit; vous n'osez penser qu'en secret, vos yeux ne voient pas l'objet qu'ils semblent regarder, mais une autre image; vous ne prononcez le nom aimé qu'en rêve. Vous chantez assises devant votre piano, et il vient au bord de votre paupière une larme qui est pour *lui*, et il sort du fond de votre poitrine une vibration passionnée qui est pour *lui;* vous peignez des paysages, des fleurs, et vous donnez à cet arbre quelque chose de sa grâce majestueuse, à *lui*, à ce lis quelque chose de sa touchante beauté, à *lui;* vous répandez des aumônes, et quand vous allez dire, pour l'amour de Dieu, il vient sur vos lèvres, pour l'amour de *lui*... Cependant vous souffrez du mystère qui règne dans votre vie. Liée à l'église du mariage, vous portez avec effroi vos vœux et vos prières à la chapelle souveraine de l'adultère. Et quand vous pâlissez de tristesse, on vous répond que vous êtes riche et heureuse; quand vous demandez la paix de l'âme, on vous donne des bals, des spectacles, toutes les fêtes du monde; quand vous demandez l'amour pur, la lumière, la vie, on vous présente des diamants, des dentelles, des tissus précieux de l'Inde... Et tout le monde répète : *Heureuse comme une reine!*... Vous êtes heureuses comme ma pauvre reine, Louise de Vaudemont, qui allait mourir de douleur.

Louise avait eu le courage de dévoiler ses jeunes amours au roi son maître en lui faisant connaître le billet du comte de Salm, qui montrait à la fois la pureté de ces amours et leur constance ; mais l'accomplissement de ce funeste devoir avait épuisé toutes ses forces. Depuis ce moment, où elle s'était séparée à jamais d'Albert, elle n'avait fait que languir et trouver chaque jour la vie plus difficile à porter.

Le comte de Salm avait eu le temps de recevoir le message de Henri III, qui l'engageait à venir à Paris pour y commander un régiment des gardes. Appelé à la cour de France, appelé près de Louise, il arrivait, l'âme remplie de douceurs et de regrets. Il ne savait s'il y avait pour lui plus de bonheur que de tourments à revoir Louise de Vaudemont, en la revoyant épouse de Henri III. Cependant il n'avait pas balancé à venir, et, pour tout au monde, il ne se fût pas arrêté dans ce chemin dangereux ; comme tout ce qui vit, il aimait mieux les angoisses de l'âme que son néant, les jours mêlés d'orage et de soleil que le voile d'une longue nuit. Il arrivait aux portes de la ville, laissant flotter les rênes sur le cou de son cheval et s'absorbant dans ses profondes rêveries.

Sur la route de Saint-Denis, toute plate et découverte, il vit de loin un grand nombre de personnes qui avançaient dans la plaine du pas égal et lent d'une procession. Un passant lui apprit que le roi venait, à la tête de quelques communautés religieuses, visiter, à la cathédrale de Saint-Denis, les religieuses nouvellement arrivées de Rome. La reine et les plus dévots seigneurs de la cour accompagnaient le cortége.

Albert tressaillit à cette simple nouvelle. C'était bien plus tôt qu'il ne l'avait espéré, c'était dans ce moment même qu'il allait revoir celle qui était toute sa vie !... La providence de l'amour avait inspiré à Henri la pensée de l'amener sur cette route, et donnait à cette fantaisie du roi l'apparence d'un tendre empressement de Louise à venir à la rencontre de son amant.

Il embrassa cette foule qui s'approchait de toute la force de son regard, et distingua bientôt une litière aux pavois blancs, ornés de l'écusson royal, qui devait être celle de la reine. Une bannière, qui flottait auprès et portait les armes de Lorraine, lui annonça qu'il ne s'était point trompé. Le cortége avançait, et à chaque minute il distinguait mieux les objets, et à chaque minute son cœur battait plus violemment... Dans la voie tracée par la procession, la litière avait peu à peu tourné, et son regard ardent allait plonger dans l'intérieur.

Ce fut en ce moment même qu'un des officiers envoyés par Henri III, sur la route par laquelle le comte de Salm devait arriver, le reconnut à son signalement, lui barra subitement le passage et lui montra l'ordre du roi qui le bannissait de ses États sous peine de mort.

Le souverain avait été blessé dans son orgueil de cette tendresse accordée par la reine à un sujet; quelque innocente et lointaine que fût cette affection, il avait voulu en éloigner l'objet pour en effacer autant que possible le souvenir.

Louise vit alors la cruauté de sa vertu ; elle vit la carrière du jeune comte arrêtée, brisée par elle; elle vit ses talents devenir inutiles dans l'inaction, ses belles vertus s'anéantir dans l'exil, et l'ennui se joindre à l'amour malheureux pour abréger sa vie. Elle resta sans courage pour supporter tout le mal qu'elle lui faisait. Une langueur mortelle la saisit; elle tomba dans cet accablement où l'âme désarmée laisse les douleurs épuiser sur elle tous leurs traits, où la prière n'est plus qu'une plainte, où l'espérance n'a plus pour but que la fin de toute chose.

Tout ce qui entourait Louise était fait pour redoubler son mal. Cette cour, avec ses bruits, ses tumultes, ses fêtes scandaleuses, ses crimes incessants, était une atmosphère dévorante pour la pure et simple enfant de la Lorraine, pour celle qui avait connu des mœurs si douces et si naïves, pour celle qui avait longtemps vécu à la campagne avec les plantes et les plus simples villageois, qui sont encore des plantes avec la religion de plus.

Les salles basses du Louvre que la reine habitait étaient l'école d'escrime où la jeune noblesse venait s'exercer au métier des armes; elle entendait toute la journée le cliquetis du fer, mêlé aux jurements dont les spadassins s'aidaient dans leurs tours de force. Un soir, elle assistait à un souper où les femmes se livraient à mille galanteries en présence de leurs époux, qui détournaient la tête pour glisser eux-mêmes des propos lascifs aux autres convives, et tout à coup le festin fut troublé, les chants furent interrompus par les cris d'une femme assassinée aux portes mêmes de la salle : c'était la comtesse de Villequier, massacrée par son mari au moment de devenir mère, et jusque sous les yeux du roi, qui passait pour son amant ; si bien les actes de jalousie féroce surgissaient au milieu de ces mœurs relâchées. La jeune et sainte Louise, qui portait dans son âme une piété si vraie, un amour si profond, si sincère et si pur, voyait sous ses yeux une religion et des sentiments qu'elle ne reconnaissait plus. On entendait la messe, on communiait avant de se livrer au libertinage, afin que Dieu fît bonne garde en votre corps au moment où Satan aurait le plus de droit d'y descendre. On allumait un cierge bénit devant la couche pour éterniser le feu des voluptés. Ces hommes, d'une piété insensée, entraînaient la religion avec eux dans toutes leurs orgies, l'enivraient à la faire rouler sous la table pleine de vin et de vertige... Les sentiments humains ne valaient pas davantage. Il y avait des amitiés outrées, où deux hommes montraient leur attachement par des démonstrations extravagantes : l'absence seule de l'ami faisait prendre le deuil; on laissait croître sa barbe, on se privait de tout plaisir... et puis, au retour, on égorgeait cet ami au moindre sujet de querelle. L'amour ne savait autre chose que désirer telle ou telle personne, avoir recours à des sortiléges pour embraser ses sens, lui faire boire des philtres où la cantharide versait le désir et le poison, afin d'arriver à posséder son corps, dût-il n'être bientôt plus qu'un cadavre. L'ambition n'avait d'autre génie, d'autres ressources d'esprit que d'accuser un homme, de lui supposer des crimes pour le faire pendre et s'emparer de ses biens...

O dix-neuvième siècle tant calomnié! vous êtes le *saint des saints* en présence de vos frères aînés :

Et Louise de Vaudemont, cette douce vierge des champs, était venue habiter cette cour de Henri III. Par respect pour son mari, elle ne pouvait s'en séparer entièrement et montrait parfois sa beauté divine au milieu de ces saturnales où il était de son devoir de reine de prendre part.

Cependant elle ne voyait les femmes de ce monde étrange et plein d'effroi pour elle que dans les moments de réception, et ne pénétrait point dans leur intimité.

Une seule lui inspirait de l'intérêt et presque de l'affection, et c'était la plus audacieuse dans ses

Il arrivait, laissant flotter les rênes sur le cou de son cheval. — Page 15, col. 1.

mœurs, celle qui portait le plus loin les principes déréglés de ce temps, celle qui réunissait toutes les séductions, tous les vices, toutes les folies de cette cour pervertie, celle qui comptait autant d'amants qu'il y avait de traits enflammés dans ses yeux, de sourires enivrants sur les lèvres, de paroles étincelantes dans sa conversation, de sons mélodieux sur son luth enchanté : c'était la belle Renée de Rieux. Elle aussi avait été entraînée vers la reine par un attrait irrésistible, et ces deux femmes se seraient aimées si elles l'avaient osé.

C'est que la courtisane la plus violemment emportée dans sa carrière de délices et d'abîmes est celle qui, par le retour des nobles instincts étouffés en elle sent le plus vivement le charme de la vertu paisible et radieuse. Et la femme la plus pure dans ses mœurs, la plus sûre d'elle-même, est celle qui pardonne le plus facilement à la pauvre créature égarée. Il n'y a point de rivalité entre elles.

La première fois que Louise de Vaudemont vit la belle courtisane dont elle avait entendu parler comme de la maîtresse la plus célèbre de Henri III, ce fut chez la reine de Navarre. Marguerite était retenue au lit par une longue maladie, et Louise était venue la visiter dans son hôtel de la rue de Seine. Au moment où elle entra, l'évêque de Paris officiait dans la chambre de la malade. Marguerite était couchée sur un lit de damas blanc. Au fond de son alcôve, un grand nombre d'enfants de chœur, beaux comme des anges, chantaient des psaumes et jouaient du luth ; sur le devant du lit, le prêtre donnait la béné-

diction, et tout autour, des femmes prosternées courbaient leur front jusqu'à terre. Une seule, Renée de Rieux, trop fière pour plier ses genoux par imitation, trop riche d'attraits pour emprunter les grâces d'une dévotion hypocrite, se tenait debout, droite et dédaigneuse. Elle montrait ainsi toute la hauteur de sa taille majestueuse, toute la beauté de son front élevé, portant un diadème ducal, dont chaque diamant avait été donné par un de ses adorateurs, dont chaque fleuron attestait une de ses conquêtes amoureuses. La reine de France, placée à quelques pas d'elle, attendait la fin de la bénédiction pour saluer sa sœur Marguerite. Renée de Rieux la contemplait dans une douce admiration, dans laquelle l'expression habituelle de son regard mettait comme une nuance d'amour. Louise laissa tomber son éventail ; la belle courtisane le releva, et, s'étant baissée pour le prendre, resta quelques instants, et comme à plaisir, inclinée devant la reine, qui le recevait de sa main. Il semblait que celle qui n'avait pas voulu plier le genou devant cette vaine apparence de cérémonie religieuse, trouvât du bonheur à demeurer prosternée au pied d'une angélique vertu.

Depuis ce jour, la jeune reine reçut toujours Renée de Rieux avec une bonté marquée, et celle-ci sembla puiser dans la vue de cette vierge couronnée comme un regret de sa vie passée et une aspiration vers une sphère plus haute.

Louise de Vaudemont, en dépit des exigences de la cour, se créa peu à peu une retraite à part, où elle allait, le plus souvent possible, se reposer et

Elle ne se détache du fond obscur que comme un léger fantôme. — Page 24, col. 1.

souffrir en paix : c'était dans le château de Saint-Cloud, de plus simple apparence et plus isolé d'autres habitations qu'il ne l'est de nos jours. Là, elle se formait, d'après sa nature patriarcale, des journées remplies d'occupations utiles et ménagères, à peu près semblables à celles des premières reines de France, qui veillaient elles-mêmes à l'intérieur du palais et à la direction des domaines de la couronne. Tout le monde s'étonnait de ses goûts obscurs; mais nul ne songeait à en médire, car l'expression de sainteté qui régnait sur ses traits, l'élévation de son âme qui resplendissait dans toute sa personne, leur donnait un caractère sacré. La simplicité de Louise de Lorraine n'avait rien de vulgaire; ce n'était point celle d'une femme à l'esprit étroit, mais d'une sainte des premiers temps, de Geneviève par exemple, écoutant les conseils de Dieu en filant sa quenouille au milieu de son troupeau.

Puis la mélancolie empreinte dans tous les mouvements de la jeune souveraine, cette pâleur profonde de la tristesse, qu'on ne voit jamais sans étonnement et sans intérêt atteindre les têtes couronnées, en faisait une reine à part, aimée comme une simple femme.

Dans cette retraite de Saint-Cloud, François de Brienne rencontra un matin la comtesse Alix de Chavigny au fond du parc, dans l'endroit le plus retiré.

— Vous voilà levée avec le soleil? ma belle cousine, lui dit-il.

— Vous le voyez, je viens de faire disposer des tapis et des coussins dans ce pavillon où la reine va venir, selon son habitude, goûter la chaleur des premiers rayons du matin, elle est si souffrante et si faible que nous craignons pour elle la moindre goutte de rosée.

— D'où vient donc son mal?

— De l'ennui : la vie qu'elle mène auprès du roi est bien propre à le faire naître. Henri III divise son humeur en deux parts : tantôt la gaieté, les joies lascives, l'ivresse des nuits de volupté; tantôt la tristesse de la satiété, les terreurs d'une dévotion crédule, les boutades d'un esprit absorbé par de si nistres pensées. Or, il répand du dehors toutes ses fantaisies joyeuses et garde ses sombres caprices pour l'intérieur du palais, pour ses entrevues avec sa femme, qu'il n'entretient que de jeûnes, de cilices, de confréries de pénitents, et des tombeaux qu'il se plaît à élever en tous lieux, à tous propos, comme si cet homme était décidément amoureux de la mort.

— Il est certain que tout cela est bien fait pour accabler une pauvre âme de lassitude et de dégoûts. Cependant ce n'est point l'ennui qui fait pâlir le front de notre jeune souveraine.

— Elle souffre aussi du mal du pays. Elle a cru trouver dans cet endroit de la campagne un point de vue qui rappelait l'aspect des Vosges; aussitôt elle a tout fait pour augmenter la ressemblance; on a placé ici des sapins, des mélèzes, des chaumières couvertes de longues fougères, des blocs de granit, rappelant les pics escarpés des rochers vosgiens. Il e s'est créé un mirage des chères contrées de son enfance.

— Sans doute, elles sont plaisantes et gracieuses les campagnes de la Lorraine, et il est triste de les quitter pour toujours. Cependant, ce n'est point le mal du pays qui rend Louise de Vaudemont si malheureuse.

— Et qu'est-ce donc, profond connaisseur?

— Ce n'est point l'absence de la patrie, c'est l'absence de l'amour.

— Vous vous trompez; l'amour n'est pas le besoin de son âme. Il a existé pour elle dans le passé, et on n'aime pas deux fois dans la vie.

— Hein! vous prétendez cela, ma cousine?

— J'en suis persuadée.

— Il me semble que vous devriez l'être moins que toute autre.

— Indiscret!...

— Vous voyez bien cependant qu'on ne meurt pas du mal du pays, car vous aimiez la Lorraine aussi, vous l'avez quittée, et vous voilà pleine de vie et de beauté.

— Oh! moi, je suis comme l'eau, j'aime à courir.

— Et vous aimez en courant...

— Monsieur de Brienne, nous parlions de la reine : vous pensez donc?...

— Je pense que Louise est d'âge et de nature à avoir besoin d'affection, et que ne pouvant aimer son mari, il faut qu'elle aime un amant.

— Et qui oserait songer à l'être?

François de Brienne, après avoir pris une pose héroïque et mis dans son regard toute l'audace en rapport avec sa réponse, prononça fièrement :

— Moi!

— Fat! héros des fats! dit, en haussant les épaules, la comtesse de Chavigny.

— Pendant mon séjour en Lorraine, j'ai senti des mouvements de passion ardente pour Louise de Vaudemont.

— Ah! vraiment! et c'était dans le temps où...

— Cela ne fait rien, ma chère Alix... Et cette ardeur, j'ai cru m'apercevoir quelquefois qu'elle était partagée.

— Ah! mon cousin, comme vous mentez! mon Dieu! ne mentez donc pas comme cela!

— Eh bien! s'il n'en était rien alors, tant mieux, c'est une raison de plus pour que cela soit maintenant, dit François en atténuant, par un sourire de plaisanterie, l'impudence de sa réflexion.

— Et sur quelles qualités si précieuses fondez-vous, je vous prie, ce bel espoir de lui plaire?

— Vous ne me trouveriez donc pas digne, ma cousine, d'être aimé d'une femme de cœur et d'esprit... Cela me semblerait étrange.

François avait rendu toute réponse impossible. Heureusement pour Alix, l'arrivée de la reine vint terminer cette conversation.

L'ANNEAU.

On vit venir la jeune reine. Elle se dessinait sur le fond doré que laissait à sa lointaine ouverture une sombre allée de marronniers. Elle était vêtue de blanc et marchait lentement, appuyée sur le bras d'un vieil officier de la cour de Lorraine, qui portait encore la toque à plumes de héron et le manteau zébré des descendants de Gérard d'Alsace, tandis que sa bonne gouvernante Marguerite, qui ne l'avait jamais quittée, marchait par derrière.

Louise arriva au pavillon; elle était pâle et chancelante; elle jeta son voile sur une branche d'églantine, aussi pâle et aussi faible qu'elle-même, et s'assit au seuil du petit édifice champêtre, sur des coussins qu'Alix lui avait préparés.

Ses dames d'honneur cherchaient à rendre la conversation aussi divertissante que possible, par le tableau des infortunes de toilettes qui avaient signalé la terrible journée de la veille, quand une pluie désastreuse était venue assaillir la chasse du roi dans la forêt de Saint-Germain, où, tandis que les dames et chevaliers poursuivaient daims et chevreuils, ils avaient été eux-mêmes traqués et abattus de la manière la plus cruelle par l'orage. Les femmes peignaient les désastres de leurs parures, qu'elles avaient laissées suspendues aux rameaux épineux des taillis, comme l'agneau laisse sa laine accrochée au buisson. François de Brienne faisait intervenir adroitement dans ses récits ses prouesses contre le cerf et le sanglier, et Alix ajoutait que, dans son courage irrésistible, il aurait également vaincu le tonnerre, s'il avait seulement pu le rencontrer en champ clos.

La reine n'entendait rien de ces choses, l'œil fixe, les lèvres froides et sèches, le sein soulevé par l'attention qu'elle donnait à une autre image, elle regardait le paysage déroulé devant elle. C'était bien là l'aspect de ces parages agrestes qu'elle avait traversés seule avec Albert, en revenant de la fête du comté de Salm; c'étaient bien les sentiers sinueux courant entre les bosquets de sapins et les roches calcaires, pour arriver aux sommets escarpés des Vosges; c'étaient bien les tapis de bruyères roses se déroulant dans les bas-fonds; c'était bien le bloc de rocher mousseux pendant sur le bord du ravin qui coulait entre des touffes d'oseraie; c'était bien toute la contrée où le comte de Salm avait si souvent parlé d'elle à la nature, et où il l'avait vue une fois, une seule fois dans la vie, assise à ses côtés, et presque pressée sur son sein.... Le vent du Nord-Est, fréquent dans cette contrée, soufflait et augmentait son illusion, en lui apportant la senteur des sapins et des bruyères; ses narines se gonflaient pour l'aspirer à longs flots, et elle se sentait rafraîchir sa poitrine... La fièvre battait son front, des couleurs revinrent sur ses joues, et le sang courut avec rapidité dans ses veines; le tableau prestigieux prit un aspect plus saisissant... Elle vit l'image d'Albert sortir de derrière le tronc noir d'un sapin; elle la vit passer en ombre errante sur les pics des rochers, puis se pencher sur le bloc de granit jeté au bord du torrent, et y graver avec un poignard le nom de *Louise....*

Une voix qui la frappa douloureusement comme un coup qu'on lui eût porté dans le sein, put seule l'arracher à sa rêverie. C'était celle d'un envoyé de Henri III, venant lui dire que son époux l'accompagnerait ce jour-là à la chapelle du château, où devait être célébrée une grand'messe, à l'occasion de la fête du lieu, et qu'il désirait l'y voir paraître dans ses habits royaux.

Louise fut donc obligée de revêtir ce jour-là les parures de la couronne. Mais le soir, Henri III étant retourné à Paris, elle se hâta de dépouiller ces ornements qui restèrent épars sur sa toilette, et elle alla faire sa tournée habituelle chez les pauvres des environs.

Comme elle venait de sortir, le hasard amena la

comtesse de Chavigny avec deux dames de la cour dans son appartement.

Alexis contempla de nouveau les attributs de la royauté, qui avaient toujours le pouvoir de la fasciner.

— Que ces diamants sont beaux! dit-elle, et comme la tête doit se relever d'elle-même en ceignant cette couronne! Comme le cœur doit battre délicieusement sous cet écusson fleurdelisé! Combien ce manteau royal qui vous enveloppe doit communiquer à votre sang de chaleur généreuse et donner à votre âme de puissante énergie!... Je voudrais bien savoir si ce manteau serait de la grandeur de ma taille.

— Je suis sûre qu'il vous irait parfaitement. Essayez-le, comtesse, dit mademoiselle de Montlosier.

Alix attacha à son épaule le manteau de pourpre et d'hermine qui se drapait merveilleusement sur sa taille élégante.

— Mettez aussi la couronne, dit la duchesse de Longueville : les coiffures hautes vous vont si bien !

Alors Alix plaça la couronne sur son front avec autant d'aisance que si elle n'eût mis d'autre coiffure toute sa vie, et, peu à peu, par un entraînement irrésistible, elle se para de tous les joyaux de la reine : ceinture, collier, bracelets, anneaux, tout arriva sur sa personne d'une blancheur, d'une pureté de forme et d'une grâce qui rehaussait encore l'éclat de ces atours.

Pendant ce travestissement, l'ombre du soir était descendue. Alix, dans le désir de se mirer à la glace, ainsi parée au gré de son envie, s'approcha du salon voisin pour y prendre des flambeaux, car pendant l'absence de la reine, ses appartements étaient dégarnis de serviteurs, et les valets, après avoir déposé des lumières dans cette pièce, s'étaient retirés. Au moment d'y entrer, Alix entendit marcher dans le vestibule.

— Mon Dieu, dit-elle en rentrant précipitamment, si on m'apercevait ainsi costumée, cela deviendrait le bruit de toute la cour. Je serais certainement réprimandée du roi et raillée de nos seigneurs... Mesdames, je vous en prie, gardez bien le silence sur cette folie.

Elle se rapprocha bien doucement de la porte du salon pour savoir qui pouvait y venir, et reconnut François de Brienne.

— Vite, vite, mesdames, dit-elle à voix basse, cachez-vous derrière les rideaux de cette alcôve, vite, cachez-vous, car il est possible que M. de Brienne ose pénétrer jusqu'ici, et vous allez être témoin, à ce que je peux croire, de la scène la plus amusante.

Dans le château de Saint-Cloud, encore rustique et mal distribué, l'appartement de la reine conduisait à la bibliothèque, qui, par cette raison, n'était point habituellement fréquentée; cependant, lorsque sa majesté sortait, le peu de seigneurs qui se plaisaient à feuilleter les vieux livres placés dans cette enceinte traversaient cette partie du château pour s'y rendre ; il n'était donc pas impossible que François de Brienne passât dans cette pièce.

Les dames se retirèrent dans l'endroit que la comtesse de Chavigny leur indiquait, Alix s'assit devant la toilette, baissa sur son visage le long voile qui tombait de son diadème, appuya son bras sur la toilette de marbre et reposa sa tête sur sa main dans une attitude de mélancolique rêverie.

On entendit les pas s'approcher. François de Brienne espérait seulement se trouver une minute seul dans cet intérieur consacré par l'habitation d'une femme charmante... L'ombre du soir régnait dans cette enceinte, mais il y restait assez de lumière pour distinguer vaguement les objets. De Brienne s'arrêta sur le seuil de la porte, et s'écria, dans sa surprise :

— Dieu, la reine est ici!

Il fit un pas pour retourner en arrière. Mais, songeant avec la rapidité de l'éclair que ce moment serait le seul peut-être qu'il pût jamais rencontrer pour laisser voir son amour à Louise de Lorraine, que d'ailleurs il aurait bien plus de courage pour articuler ce difficile aveu, s'il le faisait ainsi à l'improviste que s'il avait eu le temps de mesurer l'étendue de sa folie et qu'il fût brisé d'avance par toutes les atteintes de l'appréhension, il se dit qu'il fallait avancer, et, s'enivrant en quelque sorte de l'excès de son trouble et de sa terreur, il avança.

Tremblant de tout son être, il se mit à genoux devant celle qui l'agitait de tant d'amour et de crainte.

— Madame, dit-il, j'osais, en votre absence, traverser cette chambre pour me rendre à la bibliothèque du roi... Mais, puisque je vous y rencontre, bien loin de mon attente, je ne dois y passer qu'à genoux. Tout mon espoir, en venant ici, était de respirer un instant l'air que vous respirez dans la solitude de la nuit, de voir cette ombre légère qui pose sur vos paupières fermées, de contempler les traces laissées par votre présence, de toucher avec le respect qu'inspirent les choses sacrées quelques-uns des objets que vous auriez touchés, de déposer une larme brûlante sur le voile qui aurait enveloppé vos formes divines, sur la mousseline qui aurait quitté votre sein, d'aspirer de toutes les forces de mon âme quelque parfum exhalé de vos cheveux et planant dans cette retraite sainte, et de mourir après avoir baisé la trace de vos pas... C'était tout ce que j'attendais de celle à qui j'ai consacré ma vie, de celle que j'adore depuis que mon cœur existe.

De Brienne s'arrêta la voix brisée par la violence de son émotion. Mais, à un mouvement de celle à qui il s'adressait, il reprit :

— Ne vous offensez pas de cet amour, madame, hélas ! il vient de trop bas pour vous irriter... Tout ce que vous pouvez répondre à un obscur chevalier, le plus obscur de votre royaume, qui ose vous aimer du fond de son humble condition, est un sourire de pitié !... Mais pourquoi vous offenseriez-vous d'être aimée dans une sphère si loin de la vôtre? Dieu n'est-il pas adoré sur la terre comme dans le ciel?...

Alors, enhardi par le silence indulgent de la reine qui ne retirait pas sa main, quoique ses doigts tremblants l'eussent déjà effleurée, il osa prendre cette main... Un des anneaux qui s'y trouvaient glissa dans la sienne ; il s'écria, fou de bonheur :

— Oh ! madame, pour gage de cette pitié que j'implore, laissez-moi cet anneau que le hasard me donne... Je saurai que vous me pardonnez, et si je meurs de mon amour, ce sera en vous bénissant.

Et, comme la reine fit un mouvement pour retirer la bague, il baisa avec transport le bord du voile qui était venu effleurer son front incliné et s'éloigna précipitamment dans son orgueil et son bonheur.

Un long éclat de rire partit de dessous le voile qu'il venait de baiser, et les rires du fond de l'alcôve y répondirent joyeusement.

Dans la soirée, de Brienne fit part en secret à tous ses amis de son éclatante victoire, en y ajoutant même quelques lauriers de plus, et montra pour preuve l'anneau qu'on voyait toujours à la main de la reine, et qui était devenu sa conquête.

Cette histoire circula rapidement. Elle arriva bientôt, portée par de jeunes seigneurs qui passaient en Lorraine, jusqu'au fond du comté de Salm, où Albert était retourné ensevelir sa tristesse. Elle arriva plus vaguement aux oreilles du roi; car la majesté royale, quoi qu'on fasse pour la dépouiller, est une barrière qui arrête jusqu'à un certain point l'impertinence des propos; mais enfin, elle y arriva. En touchant à ces deux points, cette indiscrétion folle changea la destinée de plus d'une personne et porta le dernier coup à celle de la jeune reine, déjà si chancelante et si près de l'abîme.

PUNITION DE LA VERTU.

Un beau matin du mois d'août, que le soleil avait sans doute fécondé dans le cerveau de Henri III ses produits naturels, le prince se trouva en veine de projets bizarres, et voulut se hâter de les réaliser. Il fit d'abord appeler François de Brienne dans son cabinet.

— Mon jeune ami, lui dit-il, j'ai appris que vous aviez autrefois, pendant votre séjour à Nancy, conçu des prétentions sur la main de la princesse de Lorraine, et que la demande que j'en ai faite moi-même était venue fort mal à propos contrarier vos desseins. Je suis vraiment désolé pour vous de ce contre-temps et je veux vous en dédommager autant que possible.

Le jeune homme se troubla fort et baissa les yeux.

— J'ai appris, ajouta Henri, que vous aviez beaucoup de peine à vaincre ce doux penchant pour Louise de Vaudemont, et qu'il osait encore parfois se manifester pour la reine de France. Je vous répète que j'ai grand regret du dommage que je vous cause...

— Sire!...

— Comme un roi doit offrir le premier l'exemple de la justice, puisque je vous ai pris votre maîtresse, je veux vous donner une des miennes.

— Au bon plaisir de votre majesté.

— Et comme j'ai épousé celle qui vous était chère, je veux que vous preniez pour femme une de celles que j'ai aimées.

— Sire, le nombre en est grand et offre beaucoup de latitude; cependant, excusez-moi, ce n'est pas là que j'aurais désiré faire un choix.

— Aussi, je compte bien vous en épargner la peine, et je le ferai pour vous. Je vous donne la belle Renée de Rieux, comtesse de Châteauneuf.

Brienne devint pâle comme la mort. Henri III vit sa terreur, et, se complaisant dans sa bizarre vengeance, il ajouta :

— Allez dès à présent faire vos préparatifs pour ce mariage; choisissez un hôtel digne de recevoir la noble épouse que vous y conduirez; commandez votre habit de noces, et préparez une fête splendide. Je signerai le contrat.

Brienne alla en toute hâte préparer ses malles, ses papiers, ses chevaux, pour s'enfuir au plus vite.

Ce même jour, Henri III fit demander à la reine de vouloir bien l'accompagner dans une promenade qu'il allait faire au bois de Boulogne; il désirait lui communiquer des projets d'embellissements qu'il avait conçus tout récemment pour cet endroit.

Louise monta dans un carrosse découvert, près de son royal époux. Quand ils furent arrivés au milieu du bois de Boulogne, Henri lui expliqua ses disposi-

tions; et, du bout d'une petite baguette qu'il avait coutume de tenir à la main, il dessinait à grands traits dans l'espace le plan conçu par lui.

— Je ferai percer six allées, dit-il, qui viendront aboutir au centre où nous nous trouvons maintenant et qui sera alors un rond-point de verdure. Au milieu s'élèvera un magnifique mausolée, dont j'ai déjà esquissé le dessin : ce monument recevra mon cœur après ma mort, ainsi que celui des rois mes successeurs. Chaque chevalier de l'ordre du Saint-Esprit, fondé par moi, se fera élever un tombeau de marbre décoré de sa statue le long d'une des allées indiquées; ces mausolées seront séparés par des massifs de verdure et des ifs taillés en croix. J'ai calculé que, dans cent ans, il se trouvera au moins ici quatre cents tombeaux, ce qui formera véritablement une *cour mortuaire* : magnificence royale à laquelle on n'avait jamais songé; et *de plus, la ville trouvera ici la promenade la plus agréable qui se puisse imaginer* (1).

De tout ce que Louise entendit là, il ne surgit pour elle qu'une idée, une idée de tristesse affreuse. Albert était chevalier de l'ordre du Saint-Esprit, il viendrait un jour habiter cette *cour mortuaire :* sa statue belle, noble, gracieuse comme lui, montrerait sa pure blancheur à travers l'enlacement des sombres rameaux d'ifs et de cyprès. Alors seulement il lui serait permis de revenir dans Paris. Il aurait été banni toute sa vie de ce séjour de fortune, de délices, de gloire, et il viendrait l'habiter parmi les corps glacés, les pierres tumulaires, les arbres noirs et stériles du champ de mort. Et c'est elle, elle seule qui serait cause de cette destinée étrangement malheureuse... Qui sait même si les douleurs qu'elle lui causait ne hâteraient pas la triste grâce qu'il devait obtenir de rentrer dans cette capitale et d'habiter cette enceinte... Elle fut près de maudire la vertu, le devoir et les saintes inspirations qui l'avaient guidée toute sa vie.

Henri, comme s'il eût pu lire dans son âme, ajouta avec un sourire de glace :

— Vous voyez que nous avons conçu une institution dont la libéralité s'étend sur toute notre haute noblesse, et à laquelle prendra part chaque chevalier du Saint-Esprit, qu'ils aient mérité notre faveur ou non. Le comte de Salm y participera; et, comme il a été éloigné de notre personne pendant sa vie, nous lui donnerons ici une belle place d'honneur auprès du mausolée royal.

L'insolente vanité de François de Brienne avait rallumé dans l'âme de Henri sa vague jalousie contre les jeunes amours qui avaient autrefois fait sentir leur douceur à Louise de Lorraine; il éprouvait en ce moment le besoin de se venger, et dans sa sotte méchanceté, il assouvissait ce besoin sur l'innocente Louise. Il avait entraîné la jeune femme dans cette promenade pour lui faire subir un entretien qui devait avoir tant d'amertume pour elle.

En rentrant, la reine fut atteinte d'une fièvre dévorante. A sa langueur habituelle, les pensées qui venaient de l'assaillir avaient fait succéder des souffrances violentes; un frisson d'une âpreté corrosive courait dans ses veines et versait son poison dans toutes les sources de la vie.

Elle se mit au lit, fit ouvrir les rideaux de sa fenêtre et demanda sa bible, espérant que la voix des prophètes calmerait ses cruelles agitations.

(1) Ce projet de Henri III est rapporté dans les mémoires de Brantôme, de Nevers, de Bouillon et autres auteurs contemporains.

Elle ouvrit le livre saint et lut le psaume qui commence ainsi, au premier chapitre de Jérémie :

« Elle a été emmenée captive, affligée, et sa servitude est grande...

« Elle ne cesse de pleurer pendant la nuit, et le jour, les larmes restent sur ses joues... aucun de ses amis ne la console... ; l'Éternel a détruit son bonheur comme la cabane d'un jardin, et maintenant qu'elle est exposée à tous les feux du jour, son cœur languira et se consumera chaque jour davantage...»

En tournant le feuillet, elle trouva ce billet placé entre les pages de la Bible :

« Si tout le monde m'avait dit que vous m'aviez oublié, la parole du monde entier m'eût semblé un mensonge ; j'aurais conservé toute ma foi en vous ; l'amour eût été plus fort que la raison.. Mais vous avez donné à un autre le lien qui nous unissait, cet anneau sur lequel mon chiffre est gravé, et que vous portiez comme symbole de notre union. Je crois à cette preuve de votre infidélité ; la raison est plus forte que l'amour. J'irai donc à Paris, malgré l'ordre sanglant qui m'en éloigne ; car c'est là seulement que je peux accomplir les seules choses qui me restent à faire : vous reprocher votre parjure et mourir.

« ALBERT DE SALM. »

Sous l'impression cruelle où elle se trouvait déjà, ce coup fut trop violent pour la malheureuse femme ; elle acheva ces lignes, puis ses yeux s'égarèrent et devinrent brillants d'un éclat funèbre, ses joues se couvrirent de pourpre, sa raison disparut, il n'y eut plus sur ses lèvres que des paroles incohérentes.

Ce délire dura plusieurs jours. Les moments lucides qui s'y mêlaient étaient plus cruels encore, car elle sentait que l'égarement qui venait de fondre dans son âme et ne laissait percer que de rares éclairs de raison, lui ôtait tout moyen de détruire l'erreur de son amant, et de l'empêcher de venir à la cour, où sa présence subite le perdait sans retour... A cette horrible pensée, la folie revenait plus violente. Elle parlait à Albert comme s'il eût déjà quitté la vie ; elle voyait son ombre, non point douce et mélancolique comme parmi les mélèzes et les rochers des Vosges, mais sévère, menaçante, portant pour couronne le cyprès des tombeaux et revêtue de cette armure des guerriers morts, dont l'acier ne jette point d'éclat.

Ce fut dans ce moment que les médecins de la cour déclarèrent que la maladie de la reine prenait des symptômes décisifs, et que tout espoir de la sauver était désormais perdu.

Alix de Chavigny passait les jours et les nuits auprès de ce lit de douleur. Les remords déchiraient son âme... C'était elle qui, dans son extravagante fantaisie, ayant pris les bijoux de la reine pour s'en parer, et même cet anneau que Louise portait toujours et venait de quitter par hasard, avait fait passer entre les mains de Brienne, dans un jeu d'enfant, ce gage sacré dont il avait publié la conquête jusqu'à ce que le comte de Salm en eût été informé par d'indiscrets amis. C'était elle qui, ayant toujours conservé des relations avec Albert, s'était chargée de faire parvenir ses billets à la reine, et les avait glissés, sans en connaître le contenu, dans les feuillets de la bible. Elle voyait avec désespoir le cruel effet qu'avait produit sa folie. Elle venait de lire le dernier billet du comte de Salm, que Louise, pendant son délire, tenait toujours entre ses mains, et elle avait frémi des malheurs qu'il contenait.

Mais si elle avait eu l'inconcevable légèreté d'accumuler tous ces maux sur la tête de son amie, elle sentait aussi en elle l'énergie capable de les réparer... Elle sentait que sa raison, son courage veilleraient désormais à la place de la raison, du courage évanouis de la pauvre malade.

Elle dit à Louise, dans un moment où celle-ci pouvait l'entendre, qu'elle avait déjà écrit à Albert pour le détromper de ses affreux soupçons. Elle lui jura que le comte de Salm, osât-il paraître à Paris et aux yeux même du roi, elle trouverait encore les moyens de le soustraire à la mort qui le menaçait.

Cette conviction, jointe au silence d'Albert, dont on pouvait conclure qu'il avait renoncé à ses funestes desseins, rendit à Louise le repos de l'âme et la remit peu à peu dans cet état de langueur et d'accablement qui la faisait marcher à pas plus lents vers sa fin. La jeune reine put reparaître, au bout de quelques jours, dans les cercles de la cour, où on la contemplait avec ce mélancolique respect offert aux êtres dont les jours sont comptés, et qui appellent déjà autour d'eux la religion de la mort.

Pendant ce temps, Henri III poursuivait sa vengeance moqueuse contre François de Brienne . Il avait demandé pour lui la main de Renée de Rieux-Châteauneuf et obtenu le consentement de celle-ci. Mais lorsqu'il fit demander le jeune capitaine des gardes pour le marier au gré de sa cruelle fantaisie, pour l'unir, lui, le descendant d'une des plus augustes familles, à la reine des courtisanes, Brienne avait disparu, et tous les efforts qu'on fit pour retrouver ses traces furent inutiles. Comme le roi avait des raisons politiques pour rompre d'une manière éclatante sa liaison avec Renée de Rieux, et que la marier était le meilleur moyen, il choisit Philippe Altoviti, comte de Castellane, qui arrivait de Florence, sa patrie, pour la lui faire épouser, et le magnifique prince joignit aux trésors de grâce et de beauté qu'apportait en dot la demoiselle de Rieux les trésors sonnants de son coffre royal.

Cette union, qui donnait à la belle Renée une position mieux établie à la cour, la rapprocha dès les premiers jours de la reine Louise, et elle parut trouver un grand charme dans la vue habituelle de sa jeune souveraine.

RENÉE DE RIEUX.

— Quelle est la femme la plus heureuse du monde ?

Cette question fut posée par un groupe de jeunes gentilshommes de la cour, attablés sous les bosquets qui étaient parsemés alors devant le château des Tuileries, commençant à s'élever sous les ordres de Catherine de Médicis.

— La femme la plus heureuse, répondit Cosme Ruggieri l'astrologue, qui humanisait sa science divine et buvait avec les meilleurs buveurs les vins d'Espagne et de France, sous ces ombrages où les facettes des flacons scintillaient aux rayons du soleil, tamisés par les branches des arbustes fleuris, la femme la plus heureuse, c'est Renée de Rieux, maintenant comtesse Altoviti. C'est pour elle que les astres ont fourni la course la plus favorable et offert des signes d'une destinée sans pareille. A sa santé, ce verre de vin de Madère !

— Bon ! à celle qui a toute la protection du ciel, vous offrez le bienfait d'un verre de vin ! vous êtes un peu gris, monseigneur l'astrologue... mais, pour cette fois, votre science a dit vrai. Les dons de la nature viennent ici ratifier les pronostics des astres, Renée de Rieux est assurément la plus belle femme de la cour. A sa santé donc, puisque vous le voulez, à sa santé, ce verre de Malvoisie !

— Et la plus spirituelle, ajouta un autre seigneur, à sa sa santé, ce bon flacon d'Aï !

— Et celle qui réunit le plus de savoir et de talent, dit un troisième. Elle sait toutes les langues antiques ; ses vers sont plus doux que ceux de Ronsard, et elle joue du luth comme un maëstro italien... A sa santé, cette coupe de liqueur !

— Tout cela n'est rien auprès de sa bonté, de sa grâce enchanteresse, de la noble fierté de son âme, dit un quatrième buveur. A sa santé, ce punch que la flamme couronne !

— Assez, assez ! messeigneurs, vous allez l'enivrer.

— Pardieu ! il y a bien assez longtemps qu'elle nous enivre !

— Grâce à cet ensemble de perfections, notre prince Henri III en a été aussi épris qu'il peut l'être. Elle lui a fait faire des prodiges de galanteries et des merveilles de fidélité.

— Cependant il a marié, la semaine passée, cette belle maîtresse à Philippe Aloviti, comte de Castellane.

— Parce que son confesseur lui a prouvé que sa liaison avec une femme unie par le sang à des chefs calvinistes lui faisait le plus grand tort dans le parti catholique ; mais il a chargé le mari de richesses et de blasons, en l'honneur de sa belle compagne.

— Les astres annonçaient cela, reprit Ruggieri Ils annoncent aussi qu'après avoir joui de tout l'éclat de ce monde, elle en sera retirée, jeune encore, pour une vie de retraite pleine de douceur et de repos.

Ils discoururent encore quelque temps sur ce sujet. Puis ils s'écrièrent en remplissant leurs verres jusqu'aux bords :

— Une dernière santé donc, à la plus belle, à la plus charmante, à la plus aimée, à la plus heureuse !

Ruggieri se leva pour aller rejoindre, au haut de la tour dorique de l'hôtel de Soissons, Catherine de Médicis, qui, bien avant l'heure, l'attendait déjà pour se livrer avec lui aux observations de la science astronomique.

Comme il tournait le bosquet, une femme masquée, et à demi cachée par le feuillage, se pencha à son oreille et lui dit :

— Votre science, mon père, s'arrête à la surface : elle annonce les destinées extérieures, le bonheur apparent ; elle ne descend pas au fond des âmes.

L'espace qui se déroulait devant le palais des Tuileries était alors occupé par des tavernes environnées de bosquets et de petits parterres, où les viveurs du temps venaient prendre, comme nous venons de le voir, de gais rafraîchissements. Une étroite partie était seulement affectée en jardin royal. Catherine venait de faire embellir ce parterre, et elle l'avait décorée, la veille, de statues et de vases antiques récemment arrivés de l'Italie. On y voyait un singulier mélange de dieux, de déesses dus au ciseau grec, de saints et de christs d'un art plus moderne.

La jeune reine et les dames de sa cour étaient venues ce jour-là, faire connaissance avec ces précieux ouvrages et parcouraient avec empressement les allées du jardin. Les seigneurs et les femmes de ce temps, tout barbares et ignorants qu'ils étaient

encore en fait d'art, en sentaient pourtant la puissance. Ils aimaient ces formes idéales, ces contours divins, ces belles expressions de sentiments, toutes ces chaudes empreintes du soleil du midi, comme ils aimaient l'arôme des oranges et des grenades qui leur venaient des mêmes lieux. On voyait ces groupes d'amateurs flotter au gré de leur admiration d'un Apollon de Daniel Volterre (1) à une nymphe de Batista. La reine allait de l'un à l'autre d'un pas plus lent et plus rêveur. Elle s'arrêta longtemps devant un bas-relief de Michel-Ange représentant le Christ et la Madeleine, et qui attirait tous les regards.

Au milieu de sa contemplation, elle s'aperçut que Renée de Rieux, qui était venue rejoindre la cour en cet endroit et tenait encore à la main le masque qu'elle venait de quitter, se trouvait à côté d'elle, et tandis que tous les yeux étaient fixés sur le marbre du grand statuaire, la contemplait elle-même avec le respectueux enthousiasme qui animait les autres devant le chef-d'œuvre étranger.

La douce chaleur de ce regard pénétra jusqu'au fond de son âme :

Elle dit à Renée avec une grâce charmante :

— Il me semble, comtesse, que vous n'êtes pas bien attentive à l'examen de ce bel ouvrage.

— J'ai mon admiration et mon culte à moi ; je contemplais ailleurs toutes les perfections réunies dans ce marbre : je vous regardais. Puisqu'on voit avec bonheur, avec reconnaissance les chefs-d'œuvre des arts pour les pures jouissances et les nobles inspirations qu'ils nous donnent, pourquoi ne s'attacherait-on pas aussi à la contemplation des chefs-d'œuvre de la nature ? Sont-ils moins précieux pour être animés, sont-ils moins admirables pour être créés par Dieu au lieu de l'être par les hommes ?

Louise de Lorraine, si dédaigneuse de toutes les flatteries, si ennemie de toutes les adulations de la cour, se laissa aller au charme de ces paroles parce qu'elles étaient vraies, et la louange sincère n'est plus louange, elle est sympathie, franchise, bonheur.

Faiblissant même sous l'émotion la plus douce, la reine fut obligée de s'asseoir sur un banc taillé dans le buis qui se trouvait au fond d'un quinconce un peu à l'écart de tout le monde. Renée resta debout près d'elle, appuyant son coude sur le dossier du siége de verdure et son beau front dans sa main.

— Oui, madame, dit-elle, je vous admire comme cette Madeleine à qui Michel-Ange a donné des formes divines, comme l'accent le plus mélodieux de l'orgue en prière, comme la pensée la plus poétique du Tasse, parce que tout cela est en vous plus parfait et plus vivant que dans l'œuvre des hommes... Je vous admire et je vous envie !...

— Et comment pouvez-vous rien envier à une autre, vous si richement pourvue de tous les dons, et qui pourriez, dans votre prédilection pour les chefs-d'œuvre vivants, vous contempler vous-même ?

— Non, car le charme idéal, dont je suis éprise, demande la perfection. Les qualités brillantes doivent reposer sur le fond d'une vie pure et sans tache... Je ne suis donc que la partie incomplète d'un bel ouvrage.

— Votre imagination ardente, qui vous a portée à tant d'erreurs, ne vous conduit-elle pas maintenant à en exagérer les fautes ?

(1) La reine Catherine de Médicis aimait beaucoup cet artiste et venait de lui commander une statue de Henri II.

— Oh! non, je vois bien clair dans ma vie passée. J'ai cherché à tout prix la fortune, les titres et la renommée bruyante d'une femme dont on ne vante que les succès ; j'ai accepté l'amour de grands seigneurs que je n'aimais pas, seulement parce qu'ils étaient de grands seigneurs, parce qu'ils me donnaient des pierreries qui ajoutaient de l'éclat à ma beauté, des châteaux, des domaines qui ajoutaient des couronnes à mon blason. J'acceptais leurs magnificences en riant de leur donner en échange de fausses tendresses et des joies aussi vaporeuses que la mousse de leurs coupes dorées.

— Mais n'avez-vous donc jamais aimé?

— Si, mais c'était pour profaner l'amour. J'aimais un jour, une heure, les beaux cheveux ou la main blanche d'un de nos chevaliers, ou sa grâce à danser un ballet, ou sa force à rompre une lance dans un tournoi; je frémissais sous le toucher de son panache ondoyant ou de son écharpe voltigeante; je me hâtais de céder à cet entraînement du désir ; je renonçais ainsi à ces passions profondes que leur grandeur légitime, que leur durée consacre, et l'amour ne m'a point purifiée. Je me suis mariée, j'ai profité de l'erreur d'un étranger pour unir sa destinée honorable à ma destinée flétrie, et le mariage ne m'a point réhabilitée... Je n'ai connu le réveil des nobles instincts, le retour à l'admiration des saintes choses qu'en vous voyant... Vous étiez à mes yeux, vous si pure et si élevée au milieu de notre cour intrigante, avide et licencieuse, comme une de ces belles statues arrivées de l'Italie : vous étiez semblable à ces avant-coureurs d'un monde spiritualisé au milieu des ornements barbares et grossiers de notre pauvre France. Oh! si vous saviez avec quel enthousiasme je contemplais en vous la céleste innocence!... Hélas! il y avait si longtemps que je ne l'avais vue!...

La reine tourna la tête vers la jeune pénitente qui s'accusait ainsi. Elle était pâle et exaltée, humiliée et radieuse, belle comme l'ange du repentir. Louise lui dit avec une bonté consolante :

— Ne soyez pas si sévère envers vous, Renée, et si généreuse envers moi. Nous devons attribuer bien des choses de notre vie à la nature que le hasard nous donne. Vous aviez besoin de plaisirs et d'éclat pour vivre; moi, je pouvais vivre de souffrances... Parmi les oiseaux de nos bois, il en est de voyageurs par nature : il leur faut tous les champs du ciel pour déployer leurs ailes; il leur faut des soleils, des bosquets, des rivages toujours nouveaux, toujours fêtes nouvelles; quand les splendeurs du ciel s'éteignent dans un climat, ils vont les chercher dans l'autre... Mais il est aussi des oiseaux qui volent plus bas, à qui le même buisson suffit pour naître et mourir; quand l'hiver vient, ils traînent de l'aile, mais ils savent souffrir et attendre. Nous sommes ainsi nous-mêmes avides de mouvements ou résignées à la vie passive, selon la longueur des ailes que la nature nous a faites.

— Oh! madame, que les êtres de vertus et de douleurs sont plus beaux devant les yeux de l'âme! leur sang et leurs larmes coulent comme une rosée bienfaisante pour que tout fleurisse autour d'eux. Vous, madame, vous étiez l'heureuse Louise de Vaudemont, vous aviez la paix du cœur, l'air pur et l'amour virginal. On vous a ravi votre belle gerbe de bonheurs, pour vous donner, à la place de l'or qui vous glace, des blasons qui vous pèsent, un trône où vous êtes exilée. Et vous avez accepté ce partage, pour ne point apporter de troubles dans la Lorraine, pour que le noble duc Charles III terminât dans la sérénité sa carrière de travaux et de gloire. Et une fois arrivée à la place qui vous était destinée, vous avez fait au devoir le sacrifice de l'amour adultère, comme vous lui aviez immolé l'amour légitime... Pauvre femme isolée, sans amis, sans patrie, vous avez encore éloigné votre amant de vos yeux, vous avez vécu dans le veuvage et le désespoir, pour que le roi, dont l'honneur vous était confié, n'eût pas à rougir de la honte la plus cruelle, pour que la cour ne pût pas appuyer ses scandales sur l'exemple de sa souveraine, pour que l'histoire eût à écrire dans ses tables un règne de femme d'une pureté candide et sublime... Oh ! voyez, madame, avec quelle douceur ce Christ de Michel-Ange vous regarde; il retrouve sur votre front sa pâleur divine, dans votre âme sa devise sainte : *Souffrir pour ses frères.*

— Oh! Renée, n'exaltez pas ainsi une faible créature qui n'a d'autre vertu que d'aimer mieux la douceur mélancolique des souffrances de la terre avec la paix de l'âme, que le poids de tous ses délices, avec une conscience troublée... J'étais si faible! le remords m'eût accablé; je serais morte avant de pouvoir m'en racheter.

— Oui, vous avez bien choisi! Oui, pour un moment de cette vie sainte et pure, de cette gloire intérieure, de cet héroïsme connu de Dieu seul, je donnerais ma beauté qu'on envie, et ma jeunesse qui la remplit d'espérance, et mes vers qu'on trouve harmonieux comme le chant de l'oiseau, et mon luth d'ivoire, et tout ce que j'ai aimé, et tout ce qui m'a rendue fière, je donnerais tout, pour être un instant bénie par le ciel et par vous.

— Puisque vous le voulez, cela sera, Renée. Si Dieu a permis que vous tombiez dans tant de fautes, c'est parce que vous aviez en vous cette énergie puissante, qui peut vous en relever triomphante et consolée.

— Oh ! Dieu vous entende, madame !

Puis, après un instant de silence, elle ajouta :

— Vous qui connaissez si bien toutes les choses du ciel, votre patrie, pensez-vous qu'un grand sacrifice, qu'un dévouement pur et complet à une sainte pensée puisse balancer toute une existence d'erreurs ?

— Je le pense : une goutte d'essence dans un vase de l'autel contient autant de parfums que tout un champ de fleurs.

LES RUINES.

La nuit régnait sur Paris.

Entre la porte Saint-Honoré et le château des Tuileries, on voyait, à cette époque, les ruines de l'ancien couvent des Feuillants, brûlé et saccagé, quelques années auparavant, par un coup de main des huguenots. Le monastère avait été rebâti provisoirement sur la place qui se trouvait à côté, et les frères échappés au carnage y avaient été réintégrés par Charles IX ; mais l'emplacement de l'édifice anéanti était demeuré dans le même état. Il n'y avait plus que des voûtes noircies et lézardées sur des piliers vacillants; à leurs pieds des restes de murailles étaient unis par des ronces qui garnissaient les interstices; la nuit, resplendissante au dehors, était d'un gris sombre et uniforme dans cette enceinte. Les cavités qui s'y trouvaient, les sentiers tortueux que le hasard y avaient frayés étaient faits

Pourquoi venons-nous dans ce nid de chauves-souris, de revenants? — Page 26, col. 2.

pour servir de retraite aux chauves-souris, aux serpents, aux filous, aux truands, aux coupeurs de bourses, à toutes les horreurs de la nuit. On ne sait si c'était chouette, serpent ou voleur qui faisait ébouler çà et là quelques graviers des ruines; mais, au fond des caveaux, on entendait plaindre les ombres des moines autrefois égorgés, et au dehors le loup y répondait par un lugubre hurlement.

Cependant une femme est assise dans ces sombres profondeurs.

Enveloppée dans une longue cape blanche, elle ne se détache du fond obscur que comme un léger fantôme; mais si l'œil pouvait percer dans ces ténèbres, il distinguerait à l'ouverture de sa mante un corsage de velours blanc brodé de dorures, et sous son capuchon d'hermine, un bandeau de pierreries. Elle regarde attentivement du côté du couvent neuf des Feuillants; parfois elle tressaille vivement, et, au moindre bruit, met la main sur son cœur.

Un jeune homme, couvert d'un manteau qui le cache tout entier, est sorti du monastère voisin; il arrive à grands pas, et, malgré le dédale des ruines, marche en ligne droite vers la place où cette femme est assise.

— François de Brienne, est-ce vous? dit-elle.

— Oui, Renée... oui, madame la comtesse Altoviti, c'est moi... bien étonné de vous voir à cette heure dans un pareil lieu.

— Bien étonné surtout que je vienne vous y chercher.

— En effet... car j'ai été bien coupable envers vous!

— Dites bien juste.

— J'ai agi en chevalier qui fausse ses devoirs de courtoisie.

— Vous avez agi en homme qui expose sa fortune et son avenir pour conserver l'honneur... heureusement tout vous sera rendu.

— Oh! madame, c'est vous qui parlez ainsi, vous dont j'ai refusé l'union si précieuse à tant de titres; vous qui devriez m'accabler...

— Je dois vous remercier, car, seul, vous m'avez dit la vérité. Au milieu de tant d'adulations, vous seul avez osé m'avouer que j'étais méprisée... On vous a offert ma main avec des richesses et des honneurs, et vous avez répondu en vous dérobant de la cour, en renonçant à tout le reste pour vous sauver de cette main profanée... Votre éloquente fuite a tout dit... Hélas! il faut bien du temps, bien des soins pour prouver l'amour; un seul instant suffit pour prouver la haine!...

— Madame!...

— Et c'est pour cette haine, pour ce mépris que je vous vénère, que je m'adresse à vous entre tous les autres hommes, quand j'ai un grand service à réclamer.

— Quel qu'il soit, madame, je suis prêt à vous le rendre.

— Oh! ne promettez pas encore, car vous ne pourriez tenir sans trembler... Asseyez-vous près de moi sur ce fût de colonne.

Renée tenait les yeux attachés sur ce corps qui restait immobile. — Page 28 , col. 1.

J'ai appris par mon confesseur, le père prieur du couvent des Feuillants, que, lorsque vous aviez reçu l'ordre tyrannique et insensé de Henri III, et que vous pensiez à vous y soustraire par la fuite, vous aviez trouvé du danger sur toutes les routes qui vous éloignaient de Paris, et vous étiez réfugié dans le monastère de ce saint prieur, où il voulait bien vous donner asile et protection... Je vous ai écrit de venir me trouver dans ces ruines, à cette place où fut la chapelle du couvent, à dix heures du soir ; je vous ai dit que je comptais sur vous pour m'ouvrir une voie de salut... Et maintenant, je frémis de vous en apprendre davantage.

— Doutez-vous de la force de mon bras ?

— Non, mais je crains la bonté de votre cœur... Ecoutez, Brienne ; vous connaissez toute ma vie ; moi, l'héritière de l'antique maison de Châteauneuf et portant dans mon âme tout l'orgueil de mon sang, mais aussi toute l'ardeur de ses passions, je suis arrivée de faute en faute jusqu'au rang de *maîtresse en titre* du roi. Là, cependant, j'étais heureuse, car j'aimais.

— Oui, je me rappelle le premier jour où je vous vis. Henri, blessé dans une partie de chasse, me chargea d'aller vous avertir et de vous amener près de lui : lorsque j'entrai, vous étiez dans votre boudoir, vêtue d'une simple tunique du matin, vous traduisiez une ode d'Ovide en la chantant doucement sur votre luth. A la nouvelle que je vous apportais, je vis votre pâleur, je vis couler vos larmes : oh !

c'étaient bien les frissons de la douleur, c'étaient bien les larmes de l'amour !

— Oh ! oui, une pensée que Henri m'envoyait à son réveil m'était plus précieuse que les richesses dont il me comblait, et j'aimais mieux une fleur choisie par lui qu'une couronne de plus à mon blason... Aimant pour la première fois, pour la première fois aussi je dus être dévouée à l'amour, et lorsque la politique vint se mettre entre nous, lorsqu'on prétendit que la liaison du roi avec une femme de la famille de Châteauneuf éloignait un grand nombre de ses sujets, et que sa sûreté était réellement compromise, je n'hésitai pas à me séparer de lui ; et, pour que cette séparation fût ostensible aux yeux de tous, je la cimentai par mon mariage avec un autre. Le comte Altoviti arrivait de Florence ; il ne savait rien de la cour ; on lui persuada facilement d'épouser une femme jeune et riche. Cette union se forma avec rapidité, et le lendemain, le noble Florentin se trouva le mari d'une courtisane, fut dépossédé de son honneur et vit sa maison souillée par un prince qui était venu essuyer sur le seuil la poudre de ses pieds... J'ai dû tromper dans cette infâme action en épousant Altoviti, parce que le salut de Henri, mon roi et mon amant, le demandait ; mais je sens que je n'ai pas le droit de m'emparer, par une tromperie, de toute l'existence de cet homme, de lui ravir sa liberté, après lui avoir enlevé l'honneur, de prolonger éternellement son supplice. Je ne puis le voir chaque jour plus triste et plus humilié par la moquerie publique, mourir lentement de la honte qui l'opprime

Je ne puis souffrir le mal que je lui fais... Il faut le laisser libre en me retirant dans un cloître ou en mourant... Le cloître est une mort trop lente, je veux en choisir une autre.

— Vous! grand Dieu!

— Et je viens vous demander d'en adoucir l'horreur. Ecoutez, Brienne; quels que soient son ennui et le dégoût de la vie qui la possède, une femme est toujours faible en présence de la mort... Quand j'étais enfant, j'avais peur d'une tête de mort qui était dans l'oratoire, et maintenant, elle me revient à la pensée; il me semble que c'est près d'elle que je vais m'étendre dans ce séjour funèbre... Venez à mon aide, sauvez-moi l'effroi de ce moment.

— Juste ciel, que puis-je faire?

— Lorsque la reine Catherine de Médicis a reçu dans son palais Jeanne d'Albret, elle lui a donné, pour embaumer ses mains, une pomme de senteur, composée par Latour, son parfumeur, et le lendemain, Jeanne d'Albret n'existait plus. Latour, poursuivi par la justice, s'est jeté dans le couvent des Feuillants, et on dit que sous l'habit de moine il a continué à se livrer à cet art sacrilège... Ayez pitié de moi! Vous voyez tous les jours cet homme : au prix de tout l'or qu'il pourra demander, obtenez de lui son parfum, et venez m'apporter le trésor le plus précieux pour moi, le moyen de sortir de la vie.

— Jamais!

— Songez que ma mort fera perdre le souvenir de votre désobéissance au roi et vous rendra au monde.

— Jamais!...

La comtesse interrompit Brienne en étendant la main du côté de la Seine.

— Regardez, dit-elle, au bord de la rivière, qu'elle est cette lumière suivie d'une longue masse blanche qui semble traverser les ombres?

— C'est la procession des pénitents blancs qui va de l'église Saint-Germain-des-Prés à la Chapelle de la butte Saint-Roch.

— Ainsi, reprit tristement Renée, je me suis trompée en vous croyant au-dessus du vulgaire. Vous êtes aussi de ceux qui n'aiment et ne protégent que le corps; vous n'avez nul souci de mon âme à laquelle vous pourriez donner un doux de repos... J'espérais trouver en vous un dévouement plus élevé et qui comprendrait mieux la vraie manière de me servir.

— Oh! madame! demandez-moi ma mort, mais non la vôtre.

— Aimez-vous mieux me voir traîner une existence pleine de remords?

— Je sais qu'il est plus affreux de vivre ainsi que de cesser d'être; mais un sentiment invincible me défend de toucher à l'existence d'une si belle œuvre du ciel.

Alors la procession s'était avancée; on voyait distinctement, à la lueur de la lanterne placée à la tête, les sacs des pénitents, qui les enveloppaient en entier, moins les yeux devant lesquels était pratiquée une ouverture; on entendait le bourdonnement de leur psalmodie et le cliquetis de la discipline et du chapelet de têtes de morts qui pendaient ensemble à leur ceinture (1). Ils défilèrent en longeant la ruine.

— Mettons-nous à genoux devant le passage de ces saints hommes, dit Renée.

— Pas aussi saints que vous le pensez... mais

n'importe, écoutez ces chants, priez, cela vous fera du bien.

Comme la procession s'éloignait, deux pénitents qui marchaient les derniers quittèrent la bande et entrèrent dans la ruine. Renée et son confident se cachèrent davantage derrière le pan de mur qui les dérobait à la vue.

— Pourquoi, diable! m'amènes-tu dans cette masure, Altoviti? demanda l'un des pénitents à son compagnon.

— Altoviti! répéta la comtesse, Dieu! mon mari! et elle se pressa contre la muraille qui lui servait d'asile.

— Dis, reprit l'interlocuteur, pourquoi venons nous dans ce nid de chauves-souris et de revenants, quand la procession va entrer au cabaret?

— C'est que je ne veux pas me griser cette nuit.

— Vraiment! et pourquoi cela, illustrissime Philippe Altoviti, seigneur de Castellane.

— Parce que c'est demain la Toussaint.

— Je ne te croyais pas si bon chrétien.

— Puis aussi parce que je déjeune avec ma femme et qu'elle pourrait s'en apercevoir.

— Je ne te croyais pas si bon mari.

— Il y a encore une troisième raison.

— Celle-ci sera sans doute la meilleure.

— Parce que je veux faire une affaire avec le roi, et le moins gris de nous deux sera celui qui dupera l'autre.

— A la bonne heure. Et quelle affaire?

— J'ai fait monter en aigrette le nœud de diamants qu'il m'a donné l'an dernier, et je veux la lui vendre dix mille écus. J'espère bien que dans peu il en sera dégoûté et m'en fera présent de nouveau. Alors je ferai monter ces pierres en croix de Saint-Esprit et je les lui vendrai encore.

— Vous êtes en verve, monsieur le comte!

Renée, qui entendait cette conversation, fut saisie d'étonnement et de dégoût.

— Mais, mon cher, reprit l'interlocuteur d'Altoviti, on prétend que tu as déjà vendu au roi un diamant plus précieux.

— Lequel?

— L'honneur.

— Oh! le pêcheur qui apporte celui-là du fond de la mer est bien sujet à le perdre à la cour.

— Et ne peut plus jamais en pêcher un autre.

— Déshonoré! flétri! souillé! voilà ce qu'ils disent tous! Et pourtant, au lieu de me trouver flétri, souillé, mon miroir m'assure que mon teint n'a jamais été si vermeil, que mes habits sont d'une pureté et d'un éclat à faire envie à tous les muguets de la cour. Déshonoré, disent-ils, et ma poitrine est couverte de signes d'honneur. Je porte la croix de Saint-Michel, celle de Saint-Lazare, l'hermine des pairs; mon écusson abonde de chevrons et de couronnes, mon nom est précédé de vingt titres tous plus retentissants les uns que les autres... Un galon dédoré n'a plus de dorure, moi, comment puis-je être déshonoré, étant couvert de signes d'honneur? Répondez-moi, moralistes stupides?

— Nous répondons que, par un contrat passé d'avance entre vous, tu as cédé au roi ta jolie fiancée florentine et épousé la maîtresse dont il voulait se débarrasser, le tout pour le prix de cent mille écus.

— Eh bien! c'était un échange de femme.

— Oui, mais tu cédais une jeune fille dans toute sa pureté, que tu n'avais possédée que du regard, et tu

<hr>

(1) On sait que Henri III, pendant son séjour en Italie, se mêlait aux processions des pénitents qu'il trouva établis, et rapporta l'usage de ces corporations en France.

prenais les restes du roi, la maîtresse dont il était fatigué, le rebut de sa couche.

— Au même prix, j'en épouserais une seconde.

— Tu es un lâche.

— Un lâche ! Sais-tu que j'ai mon épée sous ma robe de pénitent ?

— Et moi, la mienne. Mais, par le temps qu'il fait, bivouaquant à minuit au milieu de ces décombres, n'ayant, depuis deux heures, que les brouillards de la Seine pour me rafraîchir le gosier, je n'ai envie ni de discuter, ni de ferrailler... Veux-tu venir au cabaret ou non ?

— Non, encore une fois. Je vais de ce pas au Louvre faire la révérence à Sa Majesté, qui doit être rentrée ; je quitte cette sainte robe, et je reviens à mon hôtel de la rue Saint-Honoré.

— Et tu passeras encore une fois au milieu de ces ruines, seul, sans autre arme que ton épée ? Pour Dieu, ce n'est pas prudent.

— Je ne crains rien : n'ai-je pas mon scapulaire et ma relique bénite ?

Les deux pénitents s'éloignèrent.

Renée les suivit d'un regard d'horreur aussi longtemps qu'elle put les distinguer dans l'ombre ; puis elle sortit de sa retraite et revint s'appuyer contre le pilier près duquel ces hommes s'étaient entretenus.

— Eh bien ! madame, dit Brienne, d'un air de triomphe, voulez-vous encore mourir pour lui ?

— Il savait ce qu'il faisait en m'épousant, le misérable ! Il m'acceptait pour de l'argent ! Le mépris, l'ironie dont on l'accable sont des charges de l'état qu'il prenait volontairement. Il a raison de ne se trouver ni souillé ni flétri, car les taches de déshonneur n'atteignent que l'âme ; et il n'en a point. Sois fier de tes couleurs roses et de tes habits lustrés, corps vil et méprisable !

— Le plaindrez-vous encore d'être uni à une femme telle que vous ?

— Mon âme du moins se rachetait par ses remords, se purifiait dans le repentir qu'on a appelé la seconde innocence ; mais lui, il goûte cette joie et ce repos qui abrutissent le coupable.

— Vous renoncez à votre projet ?

— Peut-être ; mais nous ne pouvons pas davantage rester unis. Tout à l'heure, je me croyais indigne de lui ; je voulais mourir. Maintenant, c'est lui qui est indigne de moi ; alors...

— Alors il faut qu'il meure, dit Brienne achevant la pensée qu'il voyait prête à sortir de la bouche de Renée.

La comtesse avait les yeux fixes et ouverts ; elle dardait dans l'espace un regard farouche qui semblait y voir un spectacle horrible ; sa poitrine était haletante, sa voix oppressée laissait avec peine échapper ces paroles :

— Brienne, il va revenir ici même, seul, dans un moment ! Ne voyez-vous rien se passer dans cette ombre ? ne sentez-vous rien naître dans votre esprit ?

— Non, car la pensée d'un meurtre ne peut y venir.

— Ce ne serait point un meurtre, il a son épée.

— Il a son épée... Oh oui ! c'est vrai, je m'en souviens à présent... Alors c'est un combat où je peux exposer ma vie pour vous sauver ; je l'accepte et je le bénis d'avance.

— Tu es un noble cœur !

— Éloignez-vous, Renée, de ce funeste lieu, car dès ce moment j'attends Altoviti.

— Moi, je l'attends aussi pour le voir mourir et le dire merci.

En cet instant, l'enceinte de la ruine, qui avait été jusque-là complètement obscure, s'éclaira d'une lueur oblique et vacillante. C'était le gardien de la porte Saint-Honoré qui venait d'attacher la lampe de nuit à cette limite de la ville. Puis, après quelques minutes, on entendit les pas de Philippe Altoviti, qui revenait en fredonnant une chanson de Marot. Le cœur de Renée fut serré de haine et de crainte : l'homme qui s'avançait était excellent spadassin, et, en y songeant, elle trembla pour la vie de François de Brienne. Elle fit quelques pas pour le retenir ; mais il n'était plus temps, il s'était déjà avancé vers Altoviti, lui barrait le passage et le provoquait à un combat à outrance.

Renée venait d'apprendre si subitement la bassesse d'Altoviti, que le fanatisme de l'honneur, longtemps comprimé en elle par sa position, s'était soudain réveillé avec rage. Elle avait demandé la mort du misérable qui n'était plus pour elle un mari, pas même un homme... Mais en succédant si vite au désir, la réalité la remplissait d'effroi.

La lumière qui frappait le comte en face et laissait le visage de Brienne dans l'ombre, ne permit pas à Altoviti de reconnaître le jeune capitaine, ce qui lui donna le désavantage de la surprise et de la froideur, tandis que son adversaire était animé par la passion. Cependant, comme les ennemis secrets des courtisans en faveur étaient trop nombreux pour que le comte s'étonnât longtemps de cette attaque nocturne, il se mit en défense avec courage et tranquillité, se fiant à la force de son épée.

Il avait appris toute sa vie à tirer vaillamment cette épée du fourreau : cette main qui l'agitait et la faisait flamboyer dans l'air contenait tout son génie ; chaque mouvement de cette lame était la science de toute sa carrière.

Aussi il eut d'abord l'avantage et blessa assez profondément son adversaire. Brienne, à la douleur qu'il en ressentit, fit un léger mouvement en arrière. Alors il aperçut Renée, les mains jointes, les yeux levés au ciel, qui priait pour lui avec une ferveur passionnée. Soudain mille forces nouvelles revinrent dans son être, mille ardeurs plus vives fondirent dans son sein, ses coups se succédèrent sans nombre, guidés par les heureuses inspirations de l'enthousiasme. A chaque minute son succès devint plus sûr. Il frappa violemment Altoviti à la poitrine ; le coup se brisa sur le reliquaire d'ivoire ; un second coup fut amorti par le scapulaire et les talismans pieux que portait le comte. Enfin, la pointe de l'épée arriva au col, pénétra dans la chair, et s'enfonça dans la gorge. Altoviti recula de quelques pas, tomba à genoux, ne se soutenant plus que sur sa main gauche. Brienne, par un mouvement instinctif de générosité, s'approcha pour le relever ; l'Italien, voyant son ennemi à sa portée, lui asséna un coup furieux, mais qui, porté par une main tremblante, effleura à peine l'épaule. Brienne y répondit par un coup mortel.

Renée, qui s'était avancée précipitamment, vit le corps d'Altoviti tomber sur la dalle, s'agiter de quelques mouvements convulsifs et se raidir dans la mort ; elle ne put supporter ce spectacle, et s'évanouit près du cadavre de son mari.

Brienne la porta sur la colonne renversée qui leur

avait servi de banc quelques instants auparavant.
L'air de la nuit, qui venait avec violence s'engouffrer
sous les arcades du cloître, la ranima bientôt; elle
voulut se lever pour s'éloigner de ce lugubre théâtre,
mais elle ne put se soutenir et retomba sur la pierre
mousseuse.

— Ayez le courage de demeurer ici encore quelques instants, madame, lui dit le jeune homme, je
vais vous faire amener une litière.

Et il s'éloigna pour s'acquitter de cette tâche.

Renée, seule alors, tenait les yeux attachés sur ce
corps qui restait immobile sous les ondulations rou-
ges de la lumière vacillante... Son regard demeurait
fixé là par un sentiment de terreur et de remords.

— Je suis libre, dit-elle, je suis seule maintenant
dans la vie : une pointe d'acier, une minute ont coupé
le lien qui m'attachait à cet être impur; son contact
ne me souillera plus... Plus rien entre nous deux!
Ce mariage est maintenant comme s'il n'avait pas
été... Plus rien... Oh si! son nom me reste, je serai
toujours la comtesse Altoviti. Quelle affreuse chaîne
que ce nom dont on vous charge et qui vous tient à
jamais confondue avec un être abhorré ; ce nom qui,
plus fort que les événements, plus puissant que la
mort, prolonge le supplice au delà de la tombe....
C'est un vêtement odieux que rien ne peut arracher,
un stigmate que rien ne peut faire disparaître! Comtesse Altoviti! j'entendrai ce nom à chaque heure
du jour, je verrai ces lettres détestées s'enlacer aux
miennes sur mon écusson, sur mes armoiries, sur
tous les lambris de ma demeure.

Non, cela ne sera pas; il est un asile plus favorable que la tombe qui peut me délivrer de ce nom; le
couvent rompt tous les liens du monde; j'entrerai
au couvent; je prendrai un nom d'une des filles
du Seigneur, je ne serai plus la malheureuse Renée
de Châteauneuf, plus l'infâme comtesse Altoviti; je
serai la *sœur Marie de la Miséricorde* (1).

En ce moment, la litière qui venait la chercher
s'approcha, et comme Brienne allait indiquer son
hôtel aux porteurs :

— Au couvent des Carmélites! dit-elle.

ALTERNATIVE.

Pendant que cette scène se passait dans les ruines
de l'ancien monastère, à peu de distance du Louvre,
de l'autre côté de cet antique bâtiment, au bord de
la rivière, un homme veillait seul en face des fenêtres de l'édifice royal. Il était adossé contre un grand
bateau autrefois chargé d'ornements et de dorures,
mais que le vent avait fait échouer, et qui gissait
sans vie sur le sable. L'étranger, appuyé sur ce dé-
bris, serrait les chaînes qui s'y trouvaient encore
suspendues comme pour rafraîchir ses mains brûlantes; il tenait ses yeux fixes et sombres attachés
sur l'une des croisées du Louvre; la nuit et le silence
l'environnaient seuls.

Et ces pensées erraient dans son esprit:

La troisième fenêtre, à droite, m'a-t-on dit, est
celle de la chambre de la reine, et cette reine de
France est Louise de Vaudemont!... Non, jamais
une même apparence n'a renfermé deux êtres si différents : Louise, jeune fille de la Lorraine, jeune fleur

des montagnes, toute de pureté et d'amour : et puis
une reine qui a pris si vite les mœurs de la cour où
elle a été appelée, qui en respire déjà la licence, l'im-
pudicité ; qui a donné à un nouvel amant l'anneau
qui nous unissait, l'anneau sacré par l'amour et le
malheur; qui a condamné l'ami de son enfance, celui
par qui Dieu lui a révélé l'amour, à des tortures
aussi cruelles que le plus odieux tyran en ait jamais
fait subir... Et elle dort paisiblement! la veilleuse qui
l'éclaire n'a pas une seule oscillation; ces grands
rideaux de son lit ne sont pas agités du moindre
mouvement; pas une seule secousse du remords ne
trouble son sommeil...

L'étranger demeura longtemps plongé dans ces
douloureuses méditations : des pensées plus noires
que les masses d'ombre de cette nuit, vinrent une à
une assombrir son âme. Pendant ce temps, le jour
reparut; il vint éveiller la grève, y ramener la population et le mouvement; mais rien ne put éveiller
le malheureux de sa profonde absorption.

Un jeune homme qui passa près de lui le regarda
frappé de surprise et s'écria :

— Dieu! Albert de Salm est ici!

Mais ni la voix de cet homme, ni la rumeur mati-
nale du rivage ne purent le tirer de sa rêverie. Un
seul bruit le frappa; ce fut celui de la cloche de la
chapelle royale qui sonnait la première messe. A ce
son, il tressaillit, se précipita vers les portes du Louvre qui venaient de s'ouvrir, monta d'un pas ferme
le grand escalier et alla se placer dans la galerie par
laquelle le roi et la cour devaient passer pour se
rendre à l'office du matin.

Albert n'avait pas eu le temps de recevoir la lettre
de la comtesse de Chavigny et d'être sauvé par les
explications qu'elle renfermait. Il était parti précipitamment, entraîné par sa colère, et avait emporté
avec lui cette fatale erreur que l'anneau possédé par
François de Brienne était un gage d'amour de la
reine. Il ne lui restait donc plus, comme il l'avait
dit, qu'à reprocher ce parjure à qui l'avait commis
et mourir ensuite. En venant dans cette galerie, à
cette heure, il allait voir Louise et lui jeter sa parole de malédiction. En se montrant au grand jour,
en face du roi, dans cette ville d'où il était banni
sous peine de mort, il venait provoquer l'arrêt porté
contre lui. Il était donc bien sûr d'accomplir là sa
destinée.

Une partie de cette vaste salle était inondée par
un rayon de soleil levant; ce fut là qu'il alla se
placer.

Il se tint debout, les bras croisés sur la poitrine,
la tête haute et tournée du côté par où le roi devait
entrer. Des chambellans et des officiers de service,
qui erraient déjà dans la galerie, ne le reconnurent
point, et il put attendre là le moment décisif. Son
cœur ne battait pas plus vite, aucun tressaillement
n'agitait ses membres; il avait le calme d'une dé-
termination irrévocable, d'un sort fixé sans retour.

Une vaste porte s'ouvrit à deux battants, le fer
d'une hallebarde retentit sur les dalles, et la voix
d'un huissier annonça :

— Le roi!

Henri III était seul avec sa suite; Albert jugea
que la reine le suivrait de près, et il ne se trompait
pas. A peine le prince eut-il fait quelques pas, que
ses regards tombèrent sur le comte de Salm. Son
premier mouvement fut la surprise, puis la révolte
du jeune chevalier se montra à lui dans toute son
audace, et la colère traversa son front et s'y pei-

____

(1) En 1787, la demoiselle Rieux de Châteauneuf ayant
fait tuer le comte Altoviti, son mari, se retira au couvent
des Carmélites et prit le nom de sœur Marie de la Miséricorde. (Voir le *Journal de Henri III*, tome I, page 121 ;
Brantôme, etc.)

gnit en traits de feu; puis la pensée de sa puissance souveraine, qui allait d'un mot punir de mort l'orgueilleuse désobéissance, se présenta à lui, et il n'eut plus que l'accent d'un maître mécontent pour dire au jeune homme en tournant dédaigneusement la tête vers lui :

— Est-ce bien le comte Albert de Salm qui est ici?

—Vous m'avez vu au siége de La Rochelle et sur le champ de bataille de Montcontour, sire; vous devez me reconnaître.

— Je ne reconnais jamais un membre de la noblesse dans le sujet révolté contre un souverain. N'avez-vous pas reçu l'arrêt qui porte contre vous peine de mort à votre entrée dans cette ville?

— C'est pour le subir que je suis venu.

— Puisqu'il vous plaît d'acheter, au prix de votre vie, la satisfaction de me braver, qu'il en soit fait selon votre désir. Gardes, désarmez cet homme.

La vengeance d'Albert n'était pas accomplie, il n'avait pas rencontré la reine, et il allait être arrêté comme un vil criminel!...

En ce moment la hallebarde résonna de nouveau sur le pavé, et la voix de l'huissier annonça :

— La reine!

—[Deux domestiques entrèrent, portant sur un coussin de velours le livre d'Heures de Sa Majesté. Albert fixa un regard de feu sur la porte d'entrée, où il allait enfin revoir Louise...

Mais, à la même minute, deux hommes d'armes, exécutant les ordres du roi, portèrent la main sur lui. A ce contact, tout son sang noble bouillonna dans ses veines, et il tira à la fois son épée et son poignard avec tant de rage, qu'ils flamboyèrent aux yeux des soldats et les firent reculer. Guidé par le seul instinct d'orgueil qui se révoltait en lui, il s'éloigna précipitamment... En sortant de la galerie, il vit flotter la robe blanche de Louise à la porte d'entrée ; mais l'élan de sa fuite l'emportait avec la rapidité de l'éclair... Au pied de l'escalier, il se vit seul, et, comme il était à quelques pas de l'hôtel de Soissons, il se retira dans ce lieu d'asile.

Depuis Louis XII, le droit d'asile dans les églises était aboli ; mais les croyances n'obéissent pas aussi vite aux ordres des souverains que les hallebardes des hommes d'armes ; les esprits étaient accoutumés à considérer certains lieux comme consacrés et hors de l'atteinte de la justice humaine; si le droit était aboli, l'usage régnait encore. L'hôtel de Soissons, habité par Catherine de Médicis, dont la vieillesse portait cette puissance accablante du crime réuni au succès; dont les communications secrètes avec les astres entouraient la personne de mystères et d'effroi ; dont la coiffe noire était plus redoutée que toutes les couronnes, l'hôtel de Soissons, qu'ombrageait la redoutable colonne astrologique, était un de ces endroits imposants d'où la force armée n'osait approcher. Et, dans ces temps de troubles, où les princes, en guerre avec le peuple, les calvinistes, le parlement, l'étaient surtout contre eux-mêmes, cette demeure de la reine-mère était souvent la retraite des ennemis de Henri III, des seigneurs révoltés contre ses insolents favoris. Ils y trouvaient un asile, non pas autorisé, mais toléré.

Une salle basse de cet hôtel était toujours ouverte aux fugitifs : ce fut là que le comte de Salm entra. Il y passa la journée, flottant entre le regret de n'avoir pas attendu Louise une minute de plus, de n'avoir pas accompli sa vengeance, et l'horreur que lui inspirait l'idée de devenir le prisonnier, la victime de Henri III, de subir une mort infamante, qui, maintenant qu'il l'avait vue de près, lui apparaissait dans tout son épouvantable aspect. Ces sentiments divers, mais tout de haine et d'amertume, le laissaient en proie à un froid mortel, doutant de tout ce qu'il avait aimé, détaché de Dieu et de Louise.

La jeune reine, qui entrait dans la galerie au moment de la fuite d'Albert, avait appris la cause du mouvement qui s'y faisait remarquer, l'apparition soudaine du comte de Salm et l'ordre d'arrestation donné contre lui. On l'avait déposée mourante sur son lit, et ce coup avait porté la dernière atteinte à sa faible existence.

Le soir, quand les rues ne furent plus éclairées que par les cierges qui brûlaient de loin en loin devant la niche des saints, la comtesse de Chavigny, enveloppée d'une mante, le visage couvert d'un masque, et suivie seulement de deux domestiques, sortit à pied, afin que les passants ne la reconnussent point aux armes de son carrosse, et se dirigea vers l'hôtel de Soissons.

Elle entra seule dans la salle basse, laissant ses gens au dehors. Elle trouva Albert, seul, à demi couché sur un des bancs qui meublaient cette sombre enceinte, la tête appuyée contre la muraille, pâle, sans regard, et les membres raidis par un froid qui semblait celui de la mort. Elle eut beau rejeter sa mante, ôter son masque, lui parler des plus tendres accents de sa voix, il ne la reconnut point, il semblait ne pas l'entendre... Elle l'entoura de ses bras et le sentit glacé; elle le serra sur son cœur pour le réchauffer de toute sa tendresse d'amie, pour ranimer son front sous ses baisers de sœur, il resta immobile, anéanti. Ce ne fut qu'au nom de Louise que son regard se leva et reprit de la lumière. Alors Alix, se voyant écoutée, lui apprit comment était venue la fatale erreur qui l'accablait en ce moment ; elle s'accusa avec franchise, elle rapporta dans tous ses détails la scène mensongère qui avait fait passer entre les mains de Brienne cet anneau sacré que Louise avait quitté un seul instant, pour leur malheur à tous. A ce récit, le cœur d'Albert battit violemment, ses yeux jetèrent un éclat plus beau qu'ils n'en avaient jamais eu, le sang circula rapidement dans ses veines, son sein se remplit des sanglots du bonheur, il fondit en larmes.

— Oh! maintenant, s'écria-t-il, je peux mourir! je brave Henri et sa vengeance, je défie le ciel même de me faire souffrir!

Il se jeta aux genoux d'Alix, joignit les mains devant elle comme le condamné devant son sauveur; puis il appuya sa tête sur les genoux de la jeune femme et tomba dans l'extase de la délivrance soudaine, inattendue, pleine de surprise et de joies ineffables.

Il avait tant aimé Louise! Dans cette grande âme, faite pour tout comprendre et pour tout embrasser, l'amour avait si puissamment dominé tout le reste!... L'union de Louise et d'Albert était un de ces sentiments bien rares où deux êtres, faits tous deux pour aimer éternellement, se rencontrent sur la terre. Amours modèles, jetés de loin en loin, dans le cours des âges, pour donner aux autres plus fragiles cette foi en la constance, qui du moins les élève, les purifie dans leur passagère tendresse et consacre, par la belle illusion d'une durée éternelle, leur ivresse d'un moment.

Albert, ainsi ranimé, comblait Alix de ses caresses;

il baisait ses mains, ses genoux, avec cette tendresse passionnée qu'un homme a toujours pour l'amie de la femme adorée; heureuse messagère! confidente de l'amour, qui en porte une partie avec elle!

Puis il répétait avec passion :

— Oh! maintenant, je peux mourir; j'emporterai au tombeau tout mon bonheur, tous mes trésors, l'amour de Louise.

— Non, vous vivrez, parce qu'elle le veut, et parce que c'est moi qu'elle envoie pour vous sauver.

En ce moment, on entendit des pas de chevaux s'arrêter à la porte d'entrée.

Alix jeta sur Albert un manteau de pèlerin qui se trouvait suspendu à la muraille, lui fit un signe de silence et se plaça devant lui.

Alors entrèrent quatre personnages qui montrèrent la plus bizarre figure à la lueur de la lampe de fer qui éclairait seule cette enceinte.

Ces hommes portaient le froc des moines franciscains, le casque en tête et le sabre au côté. Leur coiffure militaire se dressait sur une figure à l'expression béate, sillonnée de petites grimaces hypocrites et terminée d'une longue barbe monacale; une cuirasse était sur leur robe de bure, le cordon de Saint-François, qui passait par-dessus, portait, d'un côté, le chapelet obligé, et, de l'autre, le grand sabre qui résonnait sur le pavé; au-dessus de cette armure et de cette jupe brune, leurs pieds nus traînaient la sandale empreinte de la poussière du cloître.

Henri III, qui se servait du couvent des Capucins pour prison, affublait ses religieux d'instruments guerriers, afin qu'ils pussent exercer la force armée en son nom. Ces êtres amphibies du cloître et de l'armée lui étaient seuls assez dévoués pour venir arrêter un de ses ennemis à l'hôtel de Soissons.

— Que la paix du Seigneur vous accompagne, dirent-ils à la comtesse de Chavigny.

— Avec vos saintes bénédictions, mes révérends pères. Quel sujet vous amène?

— L'ordre d'arrêter, au nom du roi, le seigneur comte Albert de Salm, révolté contre sa majesté très-chrétienne.

— Vous l'arrêterez certainement, car Dieu protège le roi et sa justice, mais non pas en ce lieu, attendu que le criminel vient de profiter de la nuit pour s'évader et chevauche en ce moment vers la porte Saint-Antoine. Je l'ai vu sortir d'ici en me rendant chez la reine Catherine qui m'avait fait l'honneur de m'appeler près d'elle. ·

— Que pouvons-nous donc faire? dirent les moines entre eux.

— Vous atteindrez facilement le fugitif, mes pères, reprit la comtesse, car il monte une mauvaise haquenée, et vous êtes venus sur les excellents chevaux de votre couvent, qui abonde en coursiers de choix comme en toutes sortes de richesses. Vous reconnaîtrez facilement le criminel : son cheval est noir, son panache noir, son manteau noir comme la nuit et les âmes des traîtres; ses yeux et son armure lancent de sinistres éclairs.

— Merci, madame, nous allons tâcher de l'atteindre.

— Vous y parviendrez sans peine, seulement, mes chers frères, vous risquez de manquer l'office de matines.

— Il faut bien aller où les ordres du roi nous envoient, quoi qu'il en coûte de quitter la sainte paix du cloître pour un semblable service.

— Et quoi qu'il en coûte ensuite de quitter les joyeux ébattements militaires pour la sainte paix du cloître, repartit Alix. Je vous salue et vous souhaite bonne guerre, mes frères capucins. Veuillez prier pour moi, mes vaillants hommes d'armes.

Les moines allaient sortir lorsqu'un d'eux se retourna et dit en montrant Albert :

— Quel est cet étranger?

— Un pauvre pèlerin, mes pères, répondit Alix. Regardez comme il dort! Il goûte enfin quelques instants de repos après avoir frayé laborieusement la plus pénible route... Vous voyez les palmes de la terre sainte attachées à son manteau. Hélas! jamais on n'a mieux conquis et porté à plus juste titre ces palmes qui veulent dire *amour et douleur*.

Les religieux s'éloignèrent; Alix et le comte de Salm se retrouvèrent seuls.

— Je vous remercie, mon amie, dit Albert, de votre généreux mensonge.

— Ah! vous êtes sauvé.

— Sauvé pour un moment, mais les moines ne trouveront personne, et ils reviendront.

— Les moines trouveront un fugitif à la barrière Saint-Antoine, et contents de leur proie, ils ne reviendront point.

— Comment?

— Oui, François de Brienne est maintenant à cette porte de la ville.

— Lui, bon Dieu, par quel événement?

— Après sa désobéissance envers le roi, qui voulait lui donner en toute légitimité les faveurs de Renée de Rieux pour le punir de s'être vanté de celles de la reine, il avait seulement cherché un asile secret au couvent des Feuillants, espérant reparaître sous peu à la cour. Mais, la nuit dernière, errant autour de son monastère, il a rencontré justement le comte Altoviti qui avait témoigné plus de complaisance que lui en épousant la maîtresse disgraciée, et, après je ne sais quel démêlé, il l'a tué en duel. Ayant ainsi compliqué sa brouillerie avec le roi, par la mort d'un de ses favoris, il a pensé qu'il fallait se soustraire plus sûrement au ressentiment du prince et s'enfuir en pays étranger. Puis, comme il rentrait au point du jour dans sa retraite, il vous a aperçu sur la grève, en face du Louvre. Votre présence à Paris lui a fait voir dans toute leur étendue les malheurs horribles causés par son extravagance, et pour ne pas avoir à en supporter le spectacle, il partait ce soir même pour l'Italie.

— Mais, juste ciel, les franciscains vont l'arrêter.

— Je l'espère bien. J'espère également qu'ils le prendront pour vous. Lorsqu'on le sommera de se rendre comme révolté contre le roi et cherchant à se soustraire à son autorité, il se reconnaîtra à ce *signalement* et ne fera aucune résistance. On ne lui demandera pas même son nom, car, une fois arrêté par les ordres d'en haut, un homme n'a plus de nom ni d'individualité, il est *prisonnier d'État*.

— Le malheureux!

— Ne le plaignez pas, il doit être puni pour sa détestable fatuité.

— On va le renfermer dans le couvent des Franciscains.

— Il sort de celui des Feuillants, il se trouvera en pays de connaissance. Il mérite bien d'aller à tous les diables et à tous les moines pour tout le mal qu'il nous a fait, et sa jolie tête doit être condamnée à coiffer le capuchon de moine pour le corriger de sa folle vanité.

— Oh ! ma chère Alix, ne jouez pas ainsi avec le malheur d'un homme et la perte de sa liberté.

— Tranquillisez-vous à ce sujet, la punition de François de Bricanne ne sera pas trop longue. Henri III pardonne vite toute faute à ses jeunes seigneurs, et surtout à ceux dont la beauté fait l'ornement de sa cour... Pensons à vous, Albert. Dans ce moment même, Ruggieri demande pour vous, à Catherine de Médicis, un sauf-conduit qui vous permettra de regagner la frontière sans danger.

— Et la reine l'accordera-t-elle ?

— Ils sont seuls, tous deux, là-haut, au sommet de cette tour, avec la nuit et les astres ; cette reine, devant qui tout tremble, tremble elle-même au rayon d'une étoile, et n'a rien à refuser à leur interprète. Et, descendant à deux heures après minuit, l'astrologue vous remettra le sceau royal ; des chevaux et des domestiques envoyés par moi vous attendront à cette porte, et vous consentirez à fuir pour le salut de vos jours, car ceux de Louise y sont attachés.

Alix et le jeune comte échangèrent un adieu dont la tristesse était mêlée de toutes les douceurs de l'espérance. Le départ d'Albert eut lieu comme la comtesse de Chavigny l'avait espéré, et, peu de jours après, il avait regagné la terre protectrice de la Lorraine.

DERNIER PARFUM DE LA FLEUR.

Louise de Lorraine au comte Albert de Salm.

« Albert, vous serez courageux parce que je vous aime ; vous serez courageux parce que vous m'aimez : l'amour est la source de toutes les forces de l'âme. Vous avez un malheur bien grand à apprendre, et j'ai voulu vous l'annoncer moi-même, afin que mes paroles en adoucissent un peu les atteintes. Albert, je vais quitter la terre où vous êtes. Vous n'aurez même plus la douleur de nommer le lieu que j'habite, de recevoir ces faibles bruits de mon existence qui arrivaient jusqu'à vous, de nourrir cette vague espérance qui dure autant que la vie... Le terme de mes jours approche ; une maladie mortelle le fait arriver à grands pas ; chacune des heures où je respire encore m'est comptée pour des années... Au nom du ciel, du ciel qui nous avait unis avant que les hommes vinssent nous séparer, ne vous laissez pas accabler par ce coup terrible ; appelez à vous toute l'énergie d'un grand cœur ; vivez pour servir Dieu, pour soutenir la Lorraine, qui s'appuie sur ses nobles chefs, pour protéger vos vassaux, qui ont tous besoin d'un père...

« Je n'ai point pensé à vous cacher l'arrêt qui me condamne ; je veux même que vous l'appreniez aussitôt que moi, afin que ces grandes impressions des derniers moments soient communes entre nous. Depuis longtemps, je sentais bien mes forces s'éteindre une à une, mon être entier s'anéantir, mon cœur battre plus faiblement, le sang se glacer dans mes veines ; mais j'appelais tout cela souffrance, et c'était l'approche de la mort.

« Hier, j'étais assise devant un balcon qui donne sur la campagne de Saint-Cloud ; je contemplais de là ce doux paysage qui me rappelle quelque chose de l'aspect des Vosges, car, depuis plusieurs jours, je ne pouvais plus descendre pour y marcher sur les bruyères roses, et à l'ombre des mélèzes que j'y ai fait planter pour augmenter l'illusion. Au spectacle de ces objets si chers, je ne me sentais pas ranimer, mais souffrir plus doucement : ils ne me retenaient pas sur les bords de l'existence, ils m'envoyaient le doux adieu qui adoucit l'amertume d'un départ. Le soleil s'était dérobé derrière les touffes d'arbres, et c'était de l'ombre et des parfums du soir que me venaient toutes les impressions ; douces et tendres, elles avaient la mélancolie qui s'attache à la fin de toute chose.

« Et ramenant les yeux à côté de moi, je vis les vêtements que je portais étant jeune fille, le costume national des enfants de la Lorraine, la robe de laine, le bandeau de toile. Je les avais fait placer dans une armoire vitrée, afin de les avoir toujours sous les yeux. Je sentis en ce moment le vif désir de les revêtir encore une fois : les malades ont des fantaisies d'enfant. Il me semblait que ces vêtements de la campagne auraient une vertu bienfaisante, comme les simples qui composent de salutaires breuvages. Alix et ma chère Marguerite, qui sont toujours près de moi, m'aidèrent à m'habiller comme j'en avais le désir. Après avoir revêtu cette robe bleue et cette coiffure blanche, je me trouvai devant le miroir de ma toilette. L'émotion que je sentis fut si vive, qu'il m'est impossible de la rendre. Cette glace ne reflétait point mon image, à ce qu'il me semblait, mais elle m'offrait une apparition de moi-même aux jours de ma jeunesse, ce qui est un présage de mort dans les croyances de nos montagnes. Mon faible esprit se troubla, et je parlai à cette ombre de moi-même comme à une étrangère, je murmurais en la regardant : *Louise ! oui, Louise de Vaudemont... vous êtes en Lorraine... auprès du duc Charles... aimée d'Albert... bien heureuse !* Puis je demeurai immobile et muette, frappée de je ne sais quelle léthargie étrange qui m'ôtait tout mouvement en me laissant la connaissance. Il m'était impossible de faire un signe, de diriger même mon regard, et je voyais, j'entendais encore. On me crut retombée dans l'état d'évanouissement qui est fréquent pour moi depuis quelques jours, et Marguerite fondit en larmes.

« Alix lui dit :

— Du courage, pauvre femme ; ne nous occupons pas combien nous sommes malheureuses ; ne nous occupons que d'elle.

— Oh ! madame, comment ne pas avoir le cœur déchiré ! ces évanouissements sont des symptômes mortels, et maintenant ils se renouvellent tous les jours...

— Courez appeler son médecin ! qu'il nous la rende !... Oh ! qu'il nous la rende, ne fût-ce qu'une fois encore !...

« Le médecin que le roi a placé près de moi arriva ; il me prodigua tous les secours de son art ; sa voix, en donnant des ordres aux personnes qui m'entouraient, avait ce ton sourd et bref qui accuse les moments solennels... Et ces secours, ces ordres, tout ce mouvement qui s'opérait autour de moi, étaient inutiles ; je demeurais plongée dans la même torpeur.

— Mon Dieu ! n'y a-t-il donc plus d'espérance ! dit Alix en laissant aussi couler ses larmes.

— Hélas ! madame, il y a longtemps que je vous l'ai dit, répondit l'homme de la science.

« Ces paroles m'apprirent que j'étais frappée de mort.

— Oui, je sais qu'elle est condamnée, reprit Alix ; aussi ce n'est que du temps que je vous demande... qu'un peu de temps encore à la posséder sur cette

Ils échangèrent quelques mots à voix basse. — Page 32, col. 1.

terre, et j'offre à Dieu toute ma vie en échange! O monsieur, ne me promettrez-vous pas même quelques jours?...

— Ils seront bien peu nombreux, madame.

« Le roi entra en ce moment. Je revins peu à peu à la vie; je pus tendre la main à Marguerite, regarder Alix, appuyer ma tête sur son sein. Je n'étais point accablée par l'arrêt que je venais d'entendre. Le véritable jour de ma mort, Albert, fut celui où je vous perdis; ce qu'il me restait de vie depuis ce moment ne mérite pas d'être compté... Ma seule pensée fut d'aller rendre le dernier souffle de ma bouche sur la terre qui m'avait donné le premier. Je m'adressai au roi avec confiance, sachant qu'il n'avait plus rien à me refuser; je lui demandai la permission de me faire transporter en Lorraine, espérant, lui dis-je, que l'air natal me sauverait... Et je pensais en effet qu'il sauverait mon âme, car là, il me serait donné de mourir plus saintement.

« Avant de me répondre, Henri III fit signe au médecin de le suivre dans l'embrasure d'une croisée, et ils échangèrent quelques mots à voix basse. Henri pâlit, et j'entendis qu'il disait :

— *Mourir si jeune encore!*

« Il prononça ces mots avec une onction si profonde, qu'ils réveillèrent dans mon âme un sentiment de compassion pour mon sort; dans ma faiblesse, je me pris en pitié moi-même et je répétai : *mourir si jeune encore!* Puis j'eus un moment de vertige; il me sembla être déjà au jour des funérailles, et que l'enceinte du temple, le chemin du cimetière, la pierre de la tombe répétaient aussi en s'ouvrant devant moi : *si jeune encore!*

« Henri revint près de moi et me dit en penchant sa tête sur la mienne, comme s'il eût voulu me pénétrer mieux de ses paroles, qui devaient être bienfaisantes à mon âme :

— Louise, tous vos désirs seront remplis. Je viens de demander au médecin si le voyage que vous désirez ne serait pas dangereux; il m'a répondu qu'il ne pouvait rien changer à votre état. Vous désignerez donc vous-même le jour du départ, et tout ce que l'art peut imaginer, tout ce que les richesses peuvent fournir, sera mis en usage pour rendre le trajet moins pénible et la route plus douce sous vos membres affaiblis...

« Depuis ce moment, la connaissance de l'événement qui se prépare n'a plus rien eu de pénible pour moi : je sens, au contraire, un calme, un bien-être, une sérénité indicibles. Une mère berce son enfant avant de l'endormir, pour qu'il goûte un sommeil plus paisible : il me semble, en sentant ces douceurs d'âme, que la mort, bonne mère, me berce de doux mouvements avant de m'endormir dans son sein...

« Je vais revoir la Lorraine, la terre de ma patrie et la terre où vous êtes! trop heureuse d'acheter ce bienfait au prix de ma vie. C'est là seulement que je pouvais mourir en paix. Je vous l'ai dit un jour que nous nous reposions tous deux au sein de nos bois, au bord du ravin qui nous avait un instant séparés du reste du monde; je vous l'ai dit, Albert, je suis ormée d'une essence trop faible pour la haute sphère

« Il tomba à genoux et 'eva les yeux au ciel. — Page 36, col. 1.

où j'étais appelée à vivre; c'est seulement à la campagne que je trouve des objets en harmonie avec moi-même ; je le sens bien mieux maintenant, je suis la sœur des plantes et je dois aller mourir au milieu d'elles, mourir comme une pervenche qui tombe, comme une iris qui se penche sur la sépulture de gazon. Mon âme se mêlera à l'encens de la terre, aux perles du torrent, à la mousse vierge des sommets inaccessibles, à l'air du ciel qui les parcourt.

« Ne me plains pas, Albert, car j'ai parcouru la destinée la plus difficile qu'il ait été donné à une femme de fournir, sans faillir à ma tâche; j'ai conservé l'amour pur et sans atteinte dans le sanctuaire de mon âme, j'ai gardé la fidélité au mariage qui m'était imposée ; je possède encore tout entier l'honneur sans tache et l'amour sans remords. Ne me plains pas, car, enfant, je t'aimais dans l'ignorance; plus tard, dans la crainte et les tourments, à cette heure seule je t'aime dans toute la lumière et la paix de l'amour, Ne me plains pas, car je quitte un monde funeste, où la tendresse est souvent un crime pour ce monde du ciel, où toute tendresse est vertu. Ne me plains pas, Albert, car, tu le vois, pour la première fois, j'ose te dire TOI, et, il me semble que ce mot, qui renferme pour certaines âmes le dernier degré de douceur et de sainteté, est le sacrement qui nous unit pour l'éternité.

« LOUISE DE VAUDEMONT. »

LE MAL DU PAYS.

Au milieu de tous les amours exigeants qui veulent obtenir autant qu'ils donnent, il en est un qui aime sans demander le retour, sans l'attendre, sans l'espérer, sans y penser : c'est l'amour de la patrie. Les êtres profondément possédés par lui, dans quelque contrée que le sort les jette, de quelque beau climat qu'il les réchauffe, de quelques biens qu'il les accablent, languissent de désir pour le pays natal : un besoin dévorant les fait songer sans cesse à aller s'étendre sur sa terre chérie, l'embrasser et pleurer... Et pourtant cette terre ne les aime pas. Tandis que tant de nobles cœurs battent pour elle, la nature, impassible, ne donne de préférence à aucun homme. Celui qui retourne avec tant de bonheur dans la contrée où il a vu le jour n'y trouvera que l'air et l'ombrage qu'elle offre à tout passant; il n'y aura pas pour lui un rayon de lumière de plus, un frémissement de joie du feuillage; rien ne le reconnaît, rien n'a gardé son souvenir; la mousse a couvert la trace de ses pas ; l'arbre a secoué l'écorce où était son nom ; il avait laissé la meilleure part de son cœur à ces campagnes, et ces campagnes n'en ont rien gardé. Il n'y retrouve pas la moindre harmonie avec son âme : quand il est triste, ce ciel est riant; quand il souffre, ces rameaux jouent avec le vent, ces oiseaux chantent, ces ondes sourient !... Et cependant il aime, il aime toujours d'un sentiment éternel et infini.

Etrange folie du cœur (que je ne comprends pas; car, pour moi, l'air, la lumière, les arbres, les fleurs, l'élément naturel, *la patrie*, c'est le lieu où est un ami)! étrange folie du cœur! qui pourtant a tant de puissance et a fait tant de victimes, que cette destruction, par l'amour malheureux de la patrie, a pris un nom, s'est appelée *le mal du pays.*

C'est de ce mal que mourait Louise de Lorraine; l'amour d'Albert s'y confondait comme une force de plus, mais ne le dominait pas. Cette âme aimante et candide s'était si bien imprégnée des premières tendresses de l'enfance, que les distractions les plus puissantes, les plaisirs de la cour, les devoirs du trône, les émotions nombreuses de la vie souveraine, rien n'avait pu les effacer. Ce seul exemple de la virginité d'âme, conservée au sein de la royauté, a paru si frappant, que l'histoire s'est toujours plu à le retracer.

La jeune reine quitta la cour par un des derniers beaux jours de l'automne et s'achemina vers la Lorraine. Son départ causa une impression générale d'attendrissement et de doux regrets, mais ne changea en rien la marche des choses. Louise de Vaudemont ne s'était point mêlée au tumulte du palais, n'avait pris part, ni à ses intrigues, ni à ses plaisirs, ne l'avait jamais réellement habité; elle n'y laissait pas de place vide. Le jour où elle s'éloigna, cette cour, qui ne l'avait point connue et l'avait vue passer comme une âme inquiète et rêveuse, continua ses bals, ses festins, où venaient s'asseoir toutes ses passions désordonnées, et mena sur le même pied sa vie de licence et d'orgie.

Henri III, avec une suite peu nombreuse, accompagna la reine jusqu'à la frontière de Lorraine, où le duc Charles venait l'attendre. Quelque soin qu'on eût pris pour rendre le transport de la royale malade aussi facile qu'agréable, et quelque luxe qu'on eût déployé dans ce cortége, au milieu duquel elle traversait à pas lents ses États, l'appareil religieux dont le roi aimait toujours à s'entourer, et la lenteur de la marche amenée par la faiblesse de la reine, donnaient à ce convoi une empreinte de triste solennité, tribut payé à la mort qui l'enveloppait déjà. La population, qui avait accueilli d'une manière si tumultueuse l'arrivée de la reine de France, ne lui offrait alors qu'un empressement silencieux et apportait sur son passage des bénédictions et des prières.

Dans un jour de marche où le cortége se trouvait également éloigné des villes de Reims et de Verdun, et traversait avec peine un défilé sauvage, où nul chemin n'était frayé, où nulle habitation n'interrompait la solitude, la reine se trouva atteinte d'une de ces crises douloureuses suivies de défaillance, auxquelles elle était sujette. La suite royale, qui emportait avec elle tout ce que le luxe peut offrir de plus recherché pour ses haltes de voyage et ses splendides collations, avait oublié la chose la plus simple et ne possédait pas une goutte d'eau. La comtesse de Chavigny en demanda avec impatience, sachant que c'était la seule boisson qu'elle pût approcher des lèvres de Louise. On battit vainement les alentours pour découvrir une source; partout l'herbe était sèche et le sable aride. Henri III vit de loin un pâtre qui portait une gourde à son ceinturon, et pourrait peut-être leur donner ce dont ils s'enquéraient avec tant de soin. Il lui fit signe d'approcher. Mais plus il l'appelait de son geste, plus le pasteur, qui s'était d'abord arrêté pour examiner le cortége, s'éloignait rapidement et montrait l'intention de se soustraire à la rencontre de la troupe royale. Le roi dépêcha près

de lui un chambellan pour lui demander d'indiquer au moins la demeure la plus près de cette retraite déserte. L'officier, partant au galop de son cheval, rejoignit bientôt le paysan. Mais lorsque celui-ci eut appris ce dont il s'agissait, il accourut de lui-même de toute la rapidité de son pas, tenant sa gourde à la main. Alors le roi vit arriver François de Brienne, rouge, haletant de sa course, et qui faisait le plus joli pâtre du monde sous cet habit rustique qu'il avait emprunté.

Le proscrit dit avec une franchise charmante :

— Sire, en me présentant devant vous, j'expose grandement ma tête; mais la reine avait besoin de cette eau que j'ai le bonheur de posséder, et le salut de mes jours devait compter pour rien devant l'espoir de la soulager.

On se hâta de faire boire la malade, d'inonder son visage de l'eau pure de ces collines, et elle revint à elle.

— Comment vous trouvé-je sous un semblable costume, monseigneur le fugitif? demanda le prince à Brienne.

— Sire, ayant été atteint, à quelques lieues d'ici, par les moines dont Votre Majesté se sert en guise de force armée, et qui m'avaient, je ne sais par quel hasard, été mis sur ma trace, j'ai bataillé quelque temps avec les révérends pères, que je respecte fort, excepté quand ils veulent m'arrêter, et, comme ils ne sont guère accoutumés à mettre flamberge au vent, je m'en suis débarrassé en quelques coups d'épée. Ensuite, pour me soustraire aux nouveaux envoyés que Votre Majesté pouvait me faire l'honneur de m'adresser, j'ai mis cet habit de pâtre et j'ai rempli ma gourde d'eau pour être plus exactement dans le costume, et parce qu'il n'y a pas de vin dans ce pays d'ermites... ce dont je bénis le ciel, puisque la boisson que je portais a pu être favorable à notre chère souveraine.

— Monseigneur, dit Louise à Henri III, Jésus-Christ a dit qu'une goutte d'eau donnée en son nom ouvrirait les portes des cieux. Celle que François de Brienne vient de m'apporter si à propos ne pourra-t-elle point lui ouvrir les portes de la cour par un généreux pardon de votre part?

Henri III répondit avec courtoisie :

— Madame, le sieur François de Brienne s'est révolté contre mes ordres en refusant d'épouser la femme que je lui destinais; il a tué un de mes courtisans et mis en déroute mes moines; mais, eût-il fait pire encore, votre gracieuse intercession obtiendrait toujours de moi sa grâce.

Ainsi, le dernier pas de Louise de Vaudemont sur la terre de France fut marqué par une œuvre de bonté et de douce miséricorde. Elle rétablit la destinée de celui qui avait concouru à briser la sienne par une de ces légèretés dangereuses dont les hommes se rendent si souvent coupables dans leur folle vanité. Ils détruisent une réputation précieuse, comme un jeune serpent, en se jouant dans l'herbe, renverse et brise un vase antique dont aucune main vivante ne peut réparer le dommage.

Le lendemain, le roi, sa suite, et même la comtesse de Chavigny, que ses devoirs rappelaient à la cour, reprirent la route de Paris, et Louise de Vaudemont, remise entre les mains du duc Charles, entra sur la terre de Lorraine.

La jeune malade cheminait doucement sur une litière molle et légère, que les habitants des campagnes de la Lorraine voulurent porter eux-mêmes pour en rendre les mouvements plus doux à leur chère princesse. Ainsi, en revenant parmi ses compatriotes, au sein de leur contrée, elle y était apportée dans leurs bras.

Le premier clocher qu'elle aperçut portant la croix nationale, la croix à double branche, lui causa l'émotion la plus vive et la plus douce qu'elle eût jamais ressentie. Ce signe, jeté au haut des airs, était le drapeau qui signalait la présence du pays natal. La terre lui répondait en amenant la foule des tendres souvenirs : dans les sentiers de la plaine, on voyait passer le costume national; des voix harmonieuses et lointaines chantaient les chansons aux refrains connus de l'enfance...

A chaque pas apparaissaient des arbres, des produits, des plantes auxquels elle était attachée par des liens intimes, qu'on pourrait appeler des liens de famille. Ailleurs, les campagnes ne lui avaient offert que des bois, des montagnes, des vallées : ici elle disait *mes* bois, *mes* montagnes, *mes* vallées.

Elle reconnut une maison isolée, où elle se rappela avoir porté des secours à deux jeunes époux dans la détresse. Maintenant la maison était riante et parée, la vigne l'entourait, et deux beaux enfants jouaient sur le seuil... Elle sentit pour eux des émotions maternelles, et elle leur envoya un sourire et une bénédiction.

Après quelques pas, elle passa devant un plateau où, peu d'années auparavant, sur la place d'un moulin emporté par les eaux, elle avait fait construire et doté une petite manufacture. Cet endroit était si changé que son cœur seul pouvait le reconnaître. Au lieu des terrains incultes et sauvages qui l'entouraient autrefois, ce n'était partout que maisons neuves et frais jardins : l'usine avait aggloméré autour d'elle des industries secondaires, et un village entier s'était élevé, bénissant chaque jour la princesse de Lorraine.

Un peu plus loin encore, elle aperçut, à la crête d'un sommet escarpé, entre les touffes de pins, une petite église en grand renom de sainteté, à laquelle, toute jeune encore, elle était allée faire une neuvaine pendant une maladie de son cousin le duc Charles. Elle croyait voir encore la trace de ses pas enfantins sur le sentier de la montagne où elle allait chercher l'espérance et les violettes.

Partout elle revoyait ces grottes, ces taillis, ces lointains ombreux, ces enfoncements de paysage qui sont faits exprès pour recevoir ces premières émotions de l'amour, timides et brûlantes, que la pudeur d'âme empêche de laisser exhaler dans les lieux habités, et qui s'épanchent au sein de la nature solitaire... Elle pensait à toutes les rêveries que sa jeunesse aimante leur avait confiées avec le nom d'Albert.

Sur ce chemin, elle retrouvait partout les lieux où sa bourse s'était ouverte à l'aumône, son âme à la prière et son cœur à l'amour ; sur ce chemin, l'ombre des jours passés se levait partout gracieuse et tendre.

Mais elle le parcourait sans être ranimée par son heureuse influence, sans espoir de s'y rattacher; elle y revenait comme une ombre à qui la mort permet de sortir un instant du tombeau pour revoir les lieux où elle a vécu... Hélas! sa vie à elle y avait été bien courte et bien incomplète, tandis qu'elle voyait passer sur le bord de la route une noce de jeunes villageois, le bouquet au côté et le ruban au

chapeau, et commençant une existence qui allait être longue et remplie.

Ces émotions de bonheur étaient aussi funestes pour la jeune reine que les douloureuses angoisses qui avaient assailli les derniers temps de son séjour en France. Ces doux battements de cœur et ces larmes de tendresse consumaient aussi rapidement les derniers restes de sa vie.

Quand elle arriva au palais de Nancy, on la déposa dans la chambre d'honneur, sur une couche rehaussée par une estrade et décorée de touffes de plumes blanches, de fraîches et transparentes draperies de soie, recouvertes de dentelle comme les vêtements de l'autel; mais ce lit, élevé avec des soins paternels et une magnificence royale, était son lit de mort.

Le calme précurseur des derniers moments, et surtout la paix radieuse de cette âme d'ange, qui avait beaucoup aimé et jamais haï, donnaient en ce moment à la beauté de Louise une divine splendeur. On retrouvait tout entière cette délicieuse figure qui avait fait longtemps le charme de la cour de Lorraine, mais rehaussée par les traces des pensées élevées de l'amour et de la souffrance, par tout ce qu'imprime de fatal et de grand la science de la vie.

Les ducs de Nancy, les membres de cette noblesse de Lorraine, la plus haute et la plus sainte de l'Europe, vinrent apporter les vœux fervents de leur âme à leur jeune princesse... Et la voyant si pâle, si affaiblie, si près de la dernière heure, ils se prosternèrent dans cette chambre consacrée. Ces nobles vieillards, revêtus de leur tunique somptueuse, de leur couronne ducale, agenouillés dans le respect, penchés dans la tristesse, le visage pâli par les frissons de la crainte, semblaient les degrés de l'autel de douleur dont la jeune mourante était la sainte hostie.

Louise eut encore pour chacun d'eux des regards et des paroles affectueuses; elle leur donna les adieux d'une fille aimante et pressa leurs mains tremblantes dans sa froide main. Puis ses yeux se couvrirent d'un voile; elle ne vit plus les objets; ses esprits se troublèrent; elle ne distingua plus le temps présent, le lieu où elle se trouvait; elle n'eut plus que ces vagues lueurs de l'esprit qui survivent à la pensée. Une vision nébuleuse et vacillante lui montra le cours rapide de sa vie : une jeunesse de calme et de piété... puis de mélancoliques amours... puis des années de déception, de souffrance, de contrainte, de liberté perdue, de regrets amers... puis le retour dans la patrie, les voûtes du palais protecteur encore ouvert pour l'abriter... puis la nuit sur toute chose et le froid de la mort dans le sein.

L'ÉGLISE SAINT-LÉOPOLD.

La nouvelle du retour de Louise de Lorraine ne parvint au comte de Salm que le jour même de l'arrivée de la reine à Nancy. En l'apprenant, Albert monta sur son cheval le plus rapide, qui l'amena d'un trait aux portes de la ville. Le soir approchait, et le jeune homme, dans la crainte de trouver la cité fermée, redoubla l'ardeur de sa course : il eut le bonheur de franchir le seuil avant la fermeture des barrières. Pâle, tremblant, la poitrine haletante, les cheveux baignés de la sueur qui coulait de son front, privé de toutes les forces de son être, mais soutenu par une puissance surnaturelle, il monta rapidement les degrés du grand escalier au-dessus duquel régnait la chambre de la jeune reine. Après en avoir franchi la moitié, ses yeux purent pénétrer dans l'intérieur. Il aperçut au fond l'alcôve diaphane et la couche sur laquelle se dessinait une forme blanche, à demi-éclairée par les dernières lueurs des flambeaux qui s'éteignaient dans le sanctuaire. Les seigneurs de Lorraine s'étaient retirés, et l'enceinte déserte n'offrait plus que quelques femmes veillant auprès du lit de la malade. Albert, palpitant de crainte et d'espérance, allait franchir l'entrée, lorsque deux officiers de service, placés de chaque côté de la vaste porte, lui dirent que l'heure à laquelle on pouvait voir la reine venait de finir, et que l'état de la malade était trop grave pour qu'on pût, en faveur de qui que ce fût, intervenir aux ordres donnés à cet égard. En même temps, le malheureux vit les deux battants de la porte se clore lentement devant lui... Il tomba à genoux et leva au ciel un de ces regards par lesquels Dieu voit l'abime de désespoir au fond des âmes.

Le lendemain, au point du jour, Louise de Lorraine n'était plus. Elle n'était plus, et, dans ce pays qu'elle avait tant aimé, tout pleurait sur elle : tout ce qu'il y avait d'âme dans ces murailles de Nancy, dans ces campagnes, dans ces bois, dans ces cabanes, dans ces arbres, dans ces pierres, répondait par un soupir à la cloche qui annonçait sa mort.

C'était à deux heures du matin que la sainte avait cessé de souffrir. Elle venait de faire placer au pied de son lit un Christ de Raphaël, qu'elle aimait de préférence, et qui la suivait partout. Sa religion était si tendre, son amour était si pur, qu'ils s'étaient confondus dans son dernier souffle : elle avait tendu les bras vers ce Christ en l'appelant *Albert !*

Les funérailles de la princesse de Lorraine eurent lieu sans aucune pompe. Elle avait demandé qu'on en éloignât les insignes de la royauté; elle ne voulait pas que cette couronne, qui lui avait été si pesante, la suivît jusqu'au cercueil. Sa nature modeste et candide s'était encore exprimée dans ses dernières paroles; elle avait désiré que ses obsèques fussent semblables à celles des simples habitantes du pays. Mais une pompe bien plus magnifique, et qui manque aux funérailles des plus grands princes, était à celles de Louise de Lorraine : on menait après son cercueil celui d'une créature morte de sa tendresse pour elle. La bonne Marguerite avait toujours été le reflet vivant de sa maîtresse : quand Louise était jeune et pleine de vie, elle était jeune et forte pour la servir; ensuite, elle avait souffert avec elle, elle s'était affaiblie de sa douleur, elle avait dépéri de son mal, et elle était morte la même nuit que sa chère princesse.

Le corps de la princesse de Lorraine fut déposé pour la veille mortuaire dans l'église de Saint-Léopold, où peu d'années auparavant elle avait reçu la bénédiction nuptiale, ses restes devant être le lendemain descendus dans les caveaux de la cathédrale.

Quand la nuit vint, les prêtres, qui disaient les dernières prières sur le cercueil, et l'assistance qui leur répondait, s'éloignèrent peu à peu, et la garde du corps fut confiée à deux religieuses bénédictines dont le couvent était voisin de Saint-Léopold.

L'ombre régnait de toutes parts dans la vaste nef. Une lampe de fer, suspendue à la voûte, répandait dans un étroit espace son cercle de rougeâtre lumière, et venait seulement éclairer les ténèbres. Placés à la tête et au pied du cercueil, deux cierges jetaient sur lui les faibles lueurs de leurs petites flammes blanches. La morte était couchée dans son linceul, le

visage découvert, les cheveux déroulés et les mains jointes; une couronne de roses blanches reposait sur sa tête, et, près d'elle, les marches de l'autel et le pavé du temple étaient semés de fleurs. Les deux sœurs bénédictines, agenouillées aux deux bouts de la bière, recueillaient sur leur livre la pâle lumière des cierges, et lisaient dévotieusement les offices des morts. Un peu au-dessous était le cercueil de Marguerite.

Les heures de la nuit passèrent dans cette sombre enceinte sans y éveiller le moindre mouvement, sans que leur course invisible marquât la moindre trace dans le silence et la solitude. A deux heures après minuit, les religieuses s'étaient peu à peu laissées engourdir dans le sommeil et la fatigue; leur corps s'était affaissé sur la dalle, leur livre était tombé sur leurs genoux, leurs paupières se fermaient par instant, et leurs lèvres murmuraient seules les versets des psaumes que leur esprit ne suivait plus... Des pas se firent entendre dans le fond de la nef... Les sœurs tressaillirent, se réveillant à demi, et se regardèrent avec effroi. Un homme s'avança dans la longue route d'ombre, puis se montra à la lueur des flambeaux mortuaires. Son visage pâle et creusé se détachait seul dans le clair obscur; les bénédictines, l'esprit encore à demi somnolent, crurent voir un des illustres morts qui reposaient dans cette enceinte sortir de son mausolée.

Cet homme tira de dessous son manteau une longue bourse, et dit aux religieuses d'une voix sourde et entrecoupée :

— Mes sœurs, j'ai fait un vœu qui m'oblige à rester seul quelques instants dans cette église. Si vous voulez bien vous éloigner pour le reste de cette nuit, on ignorera la bonté que vous aurez eue pour moi, et je vous donnerai cette bourse qui fera la fortune de votre couvent pendant de longues années.

Les religieuses prirent l'argent et se levèrent, non par une vénale condescendance, mais pour obéir à un ordre qui leur semblait trop imposant pour pouvoir y résister.

Elles se retirèrent sans bruit et disparurent sous la voûte du sanctuaire.

Albert se plaça debout, les bras croisés, devant le cercueil, et contempla celle qui y reposait.

Jamais la beauté et la mort n'avaient si bien confondu ce qu'elles ont de noblesse, d'ineffable grandeur, et produit des harmonies aussi touchantes. L'admirable ovale de la figure de Louise se dessinait dans toute sa pureté sur l'oreiller mortuaire; ses grands yeux fermés traçaient le cercle brun de leurs longs cils sur une orbite de la plus pure blancheur; ses chairs étaient devenues diaphanes et donnaient à toute sa forme légère l'aspect d'une céleste vision; son front était si blanc qu'il semblait rayonner sous sa couronne de roses funèbres; le sourire d'une paix céleste errait sur ses lèvres; son corps svelte, posé sur de blanches draperies, ses longs cheveux déroulés et ses bras étendus, avaient encore une grâce indicible dans cette ligne droite et allongée qui forme l'attitude du cercueil.

— Enfin, il m'est permis de la revoir! dit Albert, en laissant exhaler un long souffle de sa poitrine. Je ne devais la retrouver que dans cette église qui nous a séparés la première fois, et qui me la rend aujourd'hui morte!... morte!... Vivante, il m'a été impossible de l'approcher, de repaître un instant mes yeux de sa présence adorée... Trois fois j'ai tenté de la revoir, j'ai tout fait, tout sacrifié, je me suis traîné sur mes genoux jusque dans les lieux qu'elle habitait; trois fois je suis allé me heurter aux portes de son palais, elles m'ont été impitoyablement fermées.

O destinée! ce temple de toutes les douleurs devait seul nous réunir sur la terre! C'est ici que j'ai été agenouillé près d'elle, dans une cérémonie menteuse, sa crilége, qui l'unissait à un autre; c'est ici que je la retrouve morte. Nous ne devions nous rencontrer que sous ces voûtes terribles, pour y laisser une fois la liberté, le bonheur, une autre fois la vie. Il me semble voir sur son front la marque de cette couronne qu'on lui a fait porter, et c'est la blessure profonde par laquelle s'est écoulée toute son existence... Et maintenant, je la retrouve quand elle ne peut plus m'entendre, quand, près d'elle, je suis seul avec la mort.

Puis il s'agenouilla devant le cercueil.

— Oh! n'importe, je t'aime encore ainsi, ma Louise! ce qu'il reste de toi, ce corps glacé, ces formes sans mouvement, ce sein privé de souffle, ces yeux à jamais fermés, me sont encore plus chers que toute beauté où la flamme de vie rayonne. Ce n'est pas la terreur de la mort qui me retient pour te presser dans mes bras, c'est la divine pudeur qui plane encore sur ta tombe; si je pouvais te presser sur mon cœur, mon amour briserait les marbres du sépulcre. Je t'aime ainsi comme je t'aimais vivante; je donne à ces faibles restes inanimés tout mon cœur brûlant, toutes les larmes de mes yeux, tous les soupirs de mon sein, tout le sang de mes veines. Je t'aime, entends-tu, Louise; je t'aime! je t'aime!

Il prit la main de la morte étendue le long de la bière, et la fièvre qui l'agitait fit trembler la main froide dans la sienne. Le cierge vacilla, et il crut voir un mouvement sur les lèvres de Louise... Il regarda avec fixité, et il vit ce mouvement plus sensible... Un faible accent vint apporter à son oreille ce mot : *Albert.* Il colla sa tête brûlante sur la tête qui reposait dans le cercueil; un léger souffle vint s'imprimer sur sa bouche; les paupières fermées s'entr'ouvrirent; un regard, qui sembla le reconnaître, dit aussi : *Albert.*

Le jeune homme n'éprouva ni trouble, ni commotion violente, mais seulement un immense bonheur. Son âme était si exaltée en ce moment, qu'un miracle lui sembla naturel : il avait, à force d'amour, rappelé Louise à l'existence. Peu à peu elle leva la tête de l'oreiller funèbre, elle essuya avec la main d'Albert, qu'elle tenait encore, la sueur froide qui coulait de son front; elle en éloigna ses longs cheveux humides; quelques veines bleues se dessinèrent sous le tissu transparent de sa peau; le regard des vivants revint dans ses yeux, et ses lèvres retrouvèrent des paroles.

— Où suis-je? dit-elle.

Elle regarda l'autel, les cierges, son cercueil, et dit encore :

— Dans la tombe!...

— Non! non! s'écria Albert; c'est un rêve affreux qu'ont fait ceux qui t'entouraient, que j'ai fait moi-même... non, tu n'as pas cessé d'être... tu resteras avec moi dans la vie.

Et cette pensée le rappelant au sentiment de la réalité, il se leva pour aller appeler du secours auprès de Louise.

— Reste, lui dit-elle à demi-voix; reste, je le veux.

Cet ordre était irrésistible; il retomba à genoux.

— Oui, reprit-elle, oui, je me souviens... j'ai été frappée d'un évanouissement profond... on m'a crue morte, et on m'a rendu les derniers devoirs... Oui, je suis dans l'église de Saint-Léopol, dans le sein de Dieu, et il m'est permis de te revoir, Albert! Merci, bonté divine!

Albert regarda du côté qui conduisait au portail de la cathédrale, comme dans l'intention d'emporter Louise dans ses bras, hors de cette enceinte.

— Non, di-elle, ce serait en vain... Hier, je me souviens d'avoir été atteinte par une défaillance complète; mais maintenant, j'en suis sûre, c'est la mort qui s'approche... dans quelques minutes, je ne serai plus; je sens mes pieds, mon corps se raidir, devenir froids et lourds comme du marbre... Je ne vis plus que par le cœur... vivons ensemble ce dernier moment... prends-moi dans tes bras, réchauffe-moi sur ton sein pour le prolonger.

Il l'enlaça étroitement, l'appuya sur sa poitrine, mit sa bouche de feu sur la bouche de la pauvre mourante :

— Entr'ouvre tes lèvres, ô ma bien-aimée! que j'y verse le souffle de ma vie...

Et ses larmes abondantes mouillèrent le visage de Louise et son sein virginal.

— Ne pleure pas, ami, dit-elle; nous sommes un instant réunis dans ce monde : c'est un bonheur plus grand que nous ne l'avions espéré... Souviens-toi de ce que nous avons dit souvent dans nos tristesses passées : « Oh! que Dieu prenne toute notre vie pour un moment de liberté et de bonheur ensemble! » Faut-il pleurer parce que nos vœux sont réalisés, parce que le ciel a entendu nos prières! Toute une vie d'orage est derrière nous; devant nous est l'éternel silence de la tombe; mais ce moment rachète tout le reste.

Cette dernière lueur de l'existence, qui se ranime un instant avant de s'éteindre pour toujours, se montrait plus vive dans cette jeune femme, où elle était soutenue par toutes les forces de l'amour et de la jeunesse.

Albert, trompé par ce prestige, pensait qu'elle lui était rendue, que rien désormais ne pourrait la lui enlever... ou plutôt, il ne pensait pas : comme elle, il ne vivait que par le cœur.

Elle tourna lentement la tête, et, regardant autour d'elle :

— Vois ce temple, dit-elle; tu te souviens du jour où nous étions tous deux si malheureux au pied de cet autel, où tout annonçait une fête autour de nous, tandis que, là-haut, la cloche, soulevée par le vent, tintait comme pour une agonie et que la mort était dans nos âmes.

— Jour horrible! enceinte détestée!

— Oh! ne maudis pas ces murailles, puisqu'elles nous réunissent à cette heure, puisqu'elles nous donnent une vision de l'existence que nous avons tant souhaitée. Nous voulions être séparés du monde : regarde, ami; ce cercueil est une barrière qui m'éloigne de toute la terre et me laisse encore près de toi. Nous voulions vivre au sein de Dieu; eh bien! les colonnes du temple nous enferment, et le saint tabernacle brille sur nos têtes. Nous voulions demeurer dans le pays natal, entourés des plantes et des parfums de nos chères montagnes; vois, les rameaux des mélèzes, l'iris et la bruyère sont semés partout autour de nous. Nous voulions la solitude et l'obscurité; oh! nous sommes bien seuls, et le monde entier nous oublie.

Albert, tenant toujours Louise appuyée sur son

et les yeux au ciel comme pour lui montrer son bonheur et lui demander de le prolonger par pitié !

— Cet instant est bien doux, dit Louise ; mais, hélas ! ce n'est qu'un instant... car je sens... Mon Dieu ! mon Dieu ! cette vie eût été si heureuse ! pourquoi l'avoir refusée à deux pauvres créatures qui ne demandaient rien à tes genoux, rien que de te servir et de s'aimer en paix !

— Mon amie, ma fille, ma sœur adorée, toi en qui j'ai mis toute ma vie, qui la partages avec moi, qui es un autre moi-même, non, tant que j'existe, tu ne peux cesser d'être ! mon cœur brûlant fondrait la glace du cercueil, mes baisers te ranimeraient dans le sein de la mort même !

Et, dans un mouvement passionné, il avait effeuillé une des roses blanches de la couronne mortuaire.

— Insensé, dit-elle en lui montrant cette fleur, pourrais-tu seulement rattacher ces feuilles à leur tige ?

— O malheur ! malheur !

Des larmes vinrent aux paupières de la malheureuse enfant ; mais la mort, qui s'approchait, les empêcha de couler ; elles demeurèrent étendues sur ses yeux, dont l'éclat s'éteignit sous cette teinte pâle et vitreuse.

— Puissances du ciel ! dit Albert avec le cri du désespoir, vous qui menez le cours du temps dans l'immensité et marquez les heures aux sommets de nos clochers, arrêtez leur marche, prolongez la vie de cette infortunée !

— Albert, dit-elle en se serrant contre lui, ma poitrine est oppressée... mon sang se glace... mon cœur ne bat plus... Écoute !...

En ce moment, la cloche, faiblement ébranlée, répandait dans l'air ce lugubre tintement de l'agonie qu'elle avait fait entendre au moment du mariage de Louise.

Albert devint plus pâle et plus froid que la mourante.

Elle s'appesantit dans ses bras.

— Console-toi... dit-elle d'une voix entrecoupée ; je t'ai quitté une fois pour le plus affreux esclavage... Je te quitte maintenant pour la liberté du ciel.

Elle lui montra, par l'ogive entr'ouverte, les astres qui brillaient radieux.

Ses lèvres murmurèrent encore :

— Console-toi... je t'aime !

Et son dernier souffle s'exhala avec cette parole.

Peu après, le soleil dora les sommets de la cathédrale, et la fauvette vint chanter dans les créneaux de ses tourelles.

FIN DE LOUISE DE LORRAINE.

UN VOYAGE EN DILIGENCE

PAR DINOCOURT.

Une chaise de poste, d'où venaient de descendre un militaire de bonne mine et une jeune dame fort jolie, s'était arrêtée à la porte de l'auberge la plus renommée de la ville de Mantes, à une heure assez voisine de celle à laquelle y arrivait assez habituellement la diligence de Paris à Rouen.

L'aventure qui suit date, je suis dans l'obligation de le dire, et pour cause, de l'an de grâce 1809 ; je dois ajouter que c'était dans l'une des plus belles journées de l'arrière-saison ; mais l'indication du jour n'étant pas aussi indispensable, je me bornerai à dire que c'était vers la fin d'octobre ou le commencement de novembre, laissant à qui de droit le soin d'apprécier un peu plus tard l'utilité de cette observation.

Soit que le jeune couple éprouvât de la répugnance à manger dans la compagnie des voyageurs qu'on attendait, soit qu'il eût quelque raison de garder l'*incognito*, le fait est que son couvert fut mis dans un petit salon du premier étage, où il ne courait pas le risque d'être importuné du babil, souvent assez peu édifiant, des orateurs de table d'hôte.

La dame paraissait triste, malgré les attentions délicates dont l'entourait le militaire ; tout en elle attestait l'obsession d'une pensée accablante, qu'elle s'efforçait de dissimuler, sans doute pour ne pas affliger son compagnon de voyage ; mais il était aisé de voir que cette pensée surgissait toujours avec une énergie proportionnée aux efforts qu'elle faisait pour la dominer. On cessera d'en être surpris en apprenant que sa tristesse tenait au sentiment d'une faute qu'elle se reprochait amèrement d'avoir commise, quoiqu'elle eût bien des motifs de se la pardonner, et que cette faute ne fût pas d'ailleurs de nature à la faire rougir. C'était tout simplement une malheureuse jeune fille qui désertait, sous les auspices d'un homme cher à son cœur, le logis d'un vieux parent maussade et avare, qui la tyrannisait dès sa plus tendre enfance, et qui, en sa qualité de tuteur, avait trouvé mauvais qu'elle préférât pour mari le galant capitaine de chasseurs, avec lequel elle se trouvait en ce moment, à un vieux fripon d'homme d'affaires, que le susdit tuteur prétendait lui faire épouser à toute force.

L'entreprenant officier, profitant d'un voyage que l'argus de sa belle s'était vu forcé de faire à Paris, pour la soustraire au péril qui la menaçait, l'avait déterminée à le suivre dans sa famille, l'ayant persuadée que de là elle pourrait attaquer son parent devant les tribunaux et le forcer à une reddition de compte, à laquelle il n'était rien moins que disposé : il allait sans dire que, retranchée dans une position aussi avantageuse, elle n'aurait pas non plus beaucoup de peine à l'obliger à consentir à son mariage avec le capitaine, parce que, s'il arrivait qu'il persistât à s'y refuser, elle attendrait qu'elle eût atteint sa majorité, dont elle n'était plus séparée que de quelques mois, pour lui faire les sommations que la loi autorise en pareille circonstance.

C'était d'après ce plan que les deux amants avaient

M. Valé-Dumanoir dans la diligence.

quitté Amiens depuis deux jours, et qu'ils touchaient
en quelque sorte au terme de leur voyage, puisqu'ils se rendaient à Venon, ville qui n'est éloignée
de Mantes que de six lieues.

Ce qui prouve en faveur des bons sentiments de
la jeune fugitive, c'est que son chagrin, au lieu de
diminuer, s'accroissait à mesure que la distance s'ef-
façait, malgré les graves sujets de plaintes qu'elle
avait contre son tuteur. Qu'eût-ce donc été si elle se
fût soustraite de la sorte à la tendresse d'un père et
d'une mère qu'elle aurait aimés avec l'ardeur particulière à ses affections! Le capitaine combattait cette
tristesse en lui remettant sous les yeux, avec toute
l'éloquence que lui prêtaient son amour et son caractère jovial, tous les motifs qu'elle avait de se fé-
liciter du parti qu'il l'avait décidée à prendre; il se
sentait heureux quand il parvenait à la faire sourire, et ses arguments étaient en général si puis-
sants, que la pauvre jeune personne aurait été bien
embarrassée pour les rétorquer.

Leur dîner était encore fort peu avancé, quand le
bruit de la diligence, qui entrait dans la cour, sus-
pendit leur entretien et les attira à une des croisées
pour jouir du plaisir de voir descendre les voyageurs, ce qui présente en général un spectacle assez
divertissant, en raison des types variés d'originaux,
que renferment presque toujours les voitures publi-
ques. Mais quelle ne fut pas la surprise, l'effroi
même de la jeune personne, lorsqu'elle reconnut son
tuteur parmi les individus qui avaient déjà mis pied
à terre.

— Dieu! dit-elle en saisissant le bras du capitaine, qui venait aussi de reconnaître le redoutable
voyageur; fuyons! monsieur Surville, c'est lui!...

— Calmez votre effroi, chère Pauline, dit-il en la
ramenant à sa place et en reprenant aussi la sienne;
il ne nous a pas vus, c'est pour nous l'essentiel; nous
ne devons pas tarder à en être délivrés, car le temps
accordé au dîner des voyageurs n'est jamais bien
considérable, une demi-heure au plus, à supposer
encore que l'hôtesse n'ait pas eu la précaution d'a-
vancer les aiguilles de sa pendule d'un bon demi-
quart d'heure, comme toute hôtelière qui son état
ne manque jamais de le faire, dans le plus grand intérêt de la santé de ces oiseaux de passage. Mais
que peut-il venir faire par ici? il va sans doute à
Rouen. Je suis surpris, dans ce cas, qu'il ne vous
l'ai pas dit, quand il vous a si longtemps étourdie à
l'avance de son voyage de Paris, qui semblait avoir
à ses yeux l'importance de celui de Jérusalem.

— J'en suis surprise comme vous, capitaine, et,
ne pouvant m'expliquer cette étrange coïncidence de
son arrivée ici avec la nôtre, je ne puis m'empêcher
de trembler qu'il n'ait été instruit de ma fuite...

— Impossible! charmante amie, tout à fait impossible; songez donc que nous n'avons quitté Amiens
qu'avant-hier matin, et qu'il n'aurait pas encore eu
le temps de recevoir de lettres d'avis de notre départ, lors même qu'on lui aurait écrit sur-le-champ
pour l'en instruire. Non, il y a une manière toute
simple d'expliquer ceci; voilà huit jours qu'il est
parti; c'était, m'avez-vous dit, pour toucher un rem-

Vous serez libre de mettre les gigots dans vos poches. — Page 47, col. 2.

boursement assez considérable ; ne serait-il pas possible, par un de ces contre-temps si peu rares en affaires, qu'il eût été obligé de faire le voyage de Rouen pour se procurer quelque papier ou pour rejoindre quelqu'un qu'il aurait compté trouver à Paris ? Que ce soit cette cause ou toute autre, le fait est que ce ne peut être pour nous qu'il soit ici ; partant, nous ne devons pas nous en alarmer ; dans tous les cas, n'oubliez pas que vous avez en moi un protecteur qui saura vous garantir de tout désagrément.

Mais pendant que le capitaine s'efforçait de rassurer sa timide amante, l'objet des alarmes de cette charmante personne entrait en bâillant dans la salle où était dressée la table d'hôte.

C'était un homme qui avait dépassé de trois ou quatre ans la soixantaine, et dont la vaste carrure, néanmoins, annonçait la bonne constitution, mais de ces constitutions basées sur l'exercice régulier d'un fort grand appétit, ce que semblaient accuser chez lui la proéminence de l'abdomen et la couleur enflammée de son teint : c'était, du reste, un étrange personnage pour la tournure et l'ajustement. Il était vêtu d'une ample redingote de pluche noire, qui laissait voir, en s'entr'ouvrant, deux jambes fort peu comparables, pour les proportions, à celles de l'Apollon du Belvédère ; ces deux jambes, que terminaient des pieds d'une dimension colossale, chaussés de souliers à larges boucles d'argent, étaient habillées, c'est le mot, d'une paire de bas de coton chiné, où l'on aurait pu mettre aisément un enfant de six

mois. Sa tête était armée d'une énorme perruque à la brigadière, chargée de poudre et luisante de pommade à certaines places, ce qui provenait sans doute du frottement qu'elle avait éprouvé en voiture ; la même cause avait probablement aussi contribué à la déranger de la place qu'elle devait occuper sur ce vénérable chef, car elle était tout de travers, ce qui faisait à ce digne homme la figure la plus comique qui se pût voir. Si l'on ajoute à cela que cette perruque modèle était surmontée d'un de ces chapeaux à trois cornes, comme on en portait du temps de Louis XV, on aura une idée de l'effet que devait produire cette étrange physionomie sur ceux qui n'y étaient point habitués : il fut tel sur les deux filles de service, qu'elles furent obligées de s'enfuir pour ne pas éclater de rire devant lui, aussitôt qu'il eut mis le pied dans la salle ; mais les voyageurs, qui ne se croyaient pas obligés aux mêmes égards, n'essayèrent pas d'imposer silence au fou rire qui les saisit à son aspect ; il n'y eut que l'hôtelière qui ne rit pas, frappée, comme elle le fut, à l'exclusion de toute autre chose, de l'effrayante brèche qu'un pareil homme était capable de faire à son dîner.

—Ah! pardieu! mon cher voisin, dit un monsieur en habit noir, dont l'épaule et le collet étaient tout couverts de poudre, qu'il essayait vainement de faire disparaître à l'aide de coups de mouchoir, vous êtes, sur mon âme, le plus fier dormeur que j'aie jamais rencontré de ma vie! car vous n'avez pas cessé de dormir depuis Paris jusqu'ici, et je ne m'en plaindrais pas, si vous n'eussiez fait au moins les deux tiers de votre somme sur cette épaule que voilà, et, Dieu merci ! jugez vous-même dans quel état vous l'avez mise ; m'en voilà pour un dégraissage, avec votre satanée poudre.

— Et moi donc ! et moi donc, monsieur Leroux, dit un autre voyageur portant aussi des marques non moins équivoques de la fatale perruque, n'ai-je pas aussi ma bonne part des libéralités de monsieur ? croyez que je sais aussi bien que vous pouvez le savoir ce que pèse la tête de notre aimable voisin.

— Messieurs, je vous demande en vérité bien pardon, dit le gros homme en se rajustant, parce qu'un coup d'œil jeté sur la glace lui avait fait juger du désordre de sa coiffure ; c'est ma foi vrai que j'ai un peu sommeillé, comme vous le dites.

L'expression fit partir la compagnie d'un grand éclat de rire, et plusieurs voix la répétèrent en l'accompagnant de remarques plus ou moins plaisantes, ce qui parut un moment déconcerter notre dormeur ; pourtant il prit résolûment son parti :

— Eh bien ! un peu dormi, si vous voulez ; mais comment, diantre ! en serait-il autrement, lorsqu'on part à des heures qui n'ont pas de nom ; à des cinq heures du matin, dans une saison comme celle-ci, on est encore tout perclus de sommeil quand on arrive là ; aussi qu'ai-je fait, moi ? j'étais arrivé tout le premier, tant j'avais craint de manquer le départ, et, ma foi, ne voyant autour de la voiture que quelques commissionnaires occupés à la charger, autant pour me défendre du froid que pour reprendre le cours interrompu de mon somme, comme je savais par mon bulletin que j'avais le numéro cinq, je suis monté dans la voiture et me suis mis, comme c'était mon droit, à la place qui m'appartenait, avec la pensée qu'on n'aurait pas le moindre prétexte pour me déranger...

— Oh ! vous n'êtes pas facile à déranger, nous pouvons bien le certifier, dit M. Leroux, offrant du potage à une dame placée en face de lui ; le conducteur, pour s'assurer que nous étions bien au complet, a promené la lumière de sa lanterne, je ne sais combien de temps, sur votre figure, cela ne vous a pas plus fait sourciller que si vous eussiez été touché des fées ; vous ronfliez déjà comme une pédale d'orgue, et vous n'avez pas fait d'autre métier durant les sept grandes heures que nous avons mises pour arriver à la *dînée*... Vous servirai-je aussi du potage ?

— Peu, très-peu, je vous prie ; je n'ai jamais été fort sur la soupe, cela gonfle sans nourrir... Bien obligé ; c'est très-bien comme cela ; en général, je préfère les morceaux un peu substantiels...

— Comme ce gigot que voilà, par exemple, dit en souriant le camarade d'infortune de M. Leroux.

— Oui, oui, le gigot me plaît assez, et je me propose de savoir la qualité de celui-là ; voilà aussi une bête (il désignait une dinde monstrueuse) à laquelle je me propose de dire deux mots ; elle a, ma foi, bonne mine !

Ce fragment de conversation, parvenu aux oreilles inquiètes de l'hôtesse, la fit frissonner de la tête aux pieds ; à partir de ce moment, son regard, armé d'une expression véritablement hostile, ne cessa de s'arrêter sur ce formidable mangeur. La vorace avidité avec laquelle il engloutissait tout ce qu'on lui présentait achevait de jeter la consternation dans l'âme de cette malheureuse ; impossible de compter sur le moindre reste, si elle n'avisait sur-le-champ à quelque expédient pour opposer une digue à cet appétit désordonné. Dans cet espoir, elle essaya d'engager avec lui la conversation en s'efforçant de prendre un air aussi agréable que possible ; mais il n'en perdait pas un coup de dent et buvait à l'avenant.

Un vaste fricandeau, une énorme pyramide de côtelettes, un pâté garni et deux plats de riz de veau avaient été absorbés à ne plus laisser de traces ; un saumon de dimension prodigieuse, et qu'elle avait bien compté faire figurer comme ornement à trois ou quatre repas différents, s'était trouvé mangé presque en entier par cet ogre, pour qui rien n'était sacré, pas même l'honneur d'une maison ; et ce qu'il y avait de moins pardonnable, c'est que tous les autres convives, frappés d'un sentiment d'admiration pour cette belle pièce, avaient été d'avis unanime pour ne pas l'entamer ; le bourreau seul, n'écoutant que son insatiable gourmandise, avait protesté contre cette décision en y mettant impitoyablement le couteau ; il n'en avait pas fallu davantage pour que chacun en voulût goûter avec lui ; il paraissait d'ailleurs savourer avec tant de plaisir les trois massives tranches qu'il s'était servies sur son assiette, qu'il eût été difficile de ne pas être tenté de l'imiter ; aussi opéra-t-on si bien à son exemple, qu'il ne resta bientôt plus rien dans le plat.

La pauvre femme était aux abois, et ses yeux, qui lançaient des éclairs de fureur sur notre gastronome, se reportaient, suppliants, sur le conducteur faisant écot à une table particulière, placée dans un des coins de la salle.

Il comprit toute l'éloquence de ce regard ; mais la place qu'occupaient les aiguilles sur le cadran de la pendule ne lui permit que de hasarder, d'un ton assez peu péremptoire, la phrase sacramentelle par laquelle tout conducteur en général, d'accord avec les aubergistes, fait déserter la table aux voyageurs :

— Allons ! messieurs, dépêchons-nous, si nous voulons arriver de bonne heure ; on attelle, je vous en préviens.

Chacun alors de protester contre cette importune admonition ; mais de tous ceux qui la repoussèrent avec plus de violence, ce fut sans contredit le gros gourmand.

— Y pensez-vous, conducteur ? dit-il en le regardant de travers, de nous presser ainsi quand nous ne faisons que de nous mettre à table.

— Ah ! ma foi, monsieur, dit l'hôtesse hors d'elle-même, c'est qu'il y a des gens qui font à une table plus de besogne en un quart d'heure que d'autres en toute une journée.

— Est-ce que c'est à moi que vous en avez ? demanda-t-il froidement, tout en attirant à lui l'énorme dinde qu'il dépeça, sans perdre une seconde, avec une subtilité désespérante, ce qui acheva d'exaspérer l'hôtelière.

— Il demande si c'est à lui que j'en ai, dit-elle en mettant ses deux poings sur ses hanches ; je vous prie de me dire s'il y a du bon sens à me faire une pareille question, après avoir fait une consommation comme celle qu'il a faite. Ah ! monsieur, ajouta-t-elle en poussant un soupir déchirant, si j'avais une pratique comme vous à ma table, seulement une fois par mois, je serais bien vite obligée de mettre la clef sous la porte.

— Pourquoi donc, madame? quand on cuisine aussi bien que vous, est-ce qu'on peut jamais penser à quitter l'état? Vraiment! ce serait faire peu de cas de sa réputation; la vôtre est bonne assurément, et je maintiens que vous la méritez.

Disant cela, il dirigea une seconde attaque vers la malheureuse dinde, qu'il déclara être tendre comme du poulet.

— Hélas! fit l'hôtesse, peu sensible à un compliment qui lui coûtait si cher, j'ai été bien mal inspirée de la faire si bonne aujourd'hui, la cuisine, puisque c'est pour vous une occasion de tout dévorer. A l'avenir, monsieur, quand vous serez pour passer par ici, obligez-moi de m'en prévenir d'avance, pour que je puisse faire rôtir un chameau à votre intention; que le bon Dieu me pardonne si vous n'êtes pas homme à le manger tout entier à vous tout seul !

Un bruyant éclat de rire accueillit cette saillie de l'hôtesse, saillie que le gros homme parut prendre au sérieux, car il dit avec son même sang-froid et son air de feinte bonhomie :

— Un chameau? dites-vous; mais je ne dirais pas non, si j'étais sûr que ce fût bon. Il est possible, au fond, que ce ne soit pas mauvais, car je sais de personnes qui ont habité le Brésil, qu'on y mange des singes rôtis avec délices; la chair en est, dit-on, exquise; d'après cela, il serait possible que celle du chameau... Monsieur, auriez-vous l'obligeance de me passer ce petit gigotin?

Ce trait acheva l'hôtelière, qui, dominée par son désespoir, s'écria d'une voix lamentable, qu'assurément il était décidé à ne rien laisser sur la table, et, s'adressant à la compagnie, que ce spectacle amusait singulièrement, elle dit avec amertume :

— Un gigot de neuf livres et demie! messieurs et mesdames, il appelle cela un gigotin!

— Ah bah! fit-il en haussant les épaules, c'est grand'chose, en vérité; en six bouchées j'en aurais fini de votre gigot, si la bienséance ne m'obligeait à en offrir à la société.

— Oh! nous vous le laissons, cria-t-on de toutes parts, curieux qu'on était de lui voir manger cette pièce, après l'énorme quantité de choses qu'il avait absorbées.

— C'est une horreur! s'écria l'hôtesse, indignée, en faisant un mouvement pour lui retirer le gigot des mains; à coup sûr, je ne le souffrirai pas; si ça devait vous étouffer, je ne dis pas, mais...

— Eh bien! voulez-vous finir, madame? dit-il en attirant le plat à lui? a-t-on jamais vu pareille inconvenance? vouloir retirer les morceaux de la bouche aux voyageurs, vous êtes folle, je crois.

Et, vainqueur dans cette lutte si étrange, il fit, avec une dextérité merveilleuse, tomber une quinzaine de grosses tranches dans le plat, et de là quatre ou cinq des plus succulentes dans son assiette, ce qui fit dire à la pauvre femme qu'il avait grand tort de ne pas se montrer à la foire pour de l'argent.

Alors seulement, alors retentit pour la seconde fois, mais bien fermement accentuée, la formidable admonition du conducteur, admonition que notre gastronome n'entendit pas sans froncer le sourci de mauvaise humeur :

— En route! messieurs.

— Encore! s'écria-t-il en attirant à lui tout de nouveau le plat! eh pardieu! vous nous laisserez peut-être bien le temps de manger la salade avec le rôti ?

— Non, monsieur, impossible; le postillon est dans ses bottes; voyez plutôt...

— Qu'il y reste s'il s'y trouve bien; mais moi, qui vois que nous avons encore près de cinq minutes à nous, je vous proteste que je ne quitterai pas la table qu'elles ne soient complétement écoulées. Ecoutez donc, conducteur, on sait les règles tout aussi bien que vous, quoiqu'on ne voyage peut-être pas tout à fait si souvent.

Et en parlant ainsi, le gros homme mettait bouchées sur bouchées et attaquait sa quatrième bouteille de vin, qui, comme il le savait très-bien, ne renchérissait pas le prix de son dîner d'un centime, puisqu'il était à discrétion; mais il s'éleva entre lui et l'hôtesse un curieux débat, en s'apercevant qu'il allait être tout à fait seul à table, puisque les voyageurs mettaient la main à la bourse et réglaient leur écot avec les filles de service; il tira de ses immenses poches trois ou quatre journaux et se mit en devoir d'y envelopper le reste du gigot, à l'extrême saisissement de l'hôtelière, que le feu de la plus violente colère ne tarda pas à rendre écarlate.

— Quoi! s'écria-t-elle en s'efforçant de le lui arracher des mains, non content de vous être bourré comme un canon et de manière, je l'espère bien, à attraper une indigestion, il vous faut encore en emporter à crever vos poches!...

— Mes poches ne vous regardent pas, madame; si elles crèvent, je ne viendrai pas vous prier de les raccommoder; mais, en attendant, lâchez toujours cela, ou vous aurez à faire à moi tout à l'heure... Eh bien! eh bien! lâchez donc, vilaine femme! est-ce que rien de ce qui est sur cette table vous appartient par hasard? est-ce qu'une fois qu'on vous a payée?...

— Vous êtes un vieux malhonnête et un vieux goinfre par-dessus le marché, dit l'hôtesse sans lâcher prise, et je vous dis que j'aurai ce gigot, quand je devrais le donner au chien, parce que tout ce qui n'a pas été mangé m'appartient, comme de raison, et vous le savez bien aussi... Oh! le vieux brutal! comme il me fait mal! dit-elle, accompagnant ce reproche d'une exclamation de douleur, parce qu'en effet il lui avait donné un assez fort coup sur l'avant-bras, tout en lui imprimant une secousse qui la força de céder, et empaquetant à la hâte l'objet de ce risible combat, il ensevelit tout entier dans la vaste poche de sa redingote. ce qui n'empêcha cependant pas que le manche du malheureux gigot ne passât d'un demi-pied par l'ouverture de cette poche.

La compagnie avait beaucoup trop de plaisir pour ne pas jouir aussi longtemps que possible de cette scène; aussi fit-elle en secret tous ses efforts pour engager le conducteur à ne pas trop se presser. L'orage parut devoir éclater encore avec plus de force, quand l'hôtelière, furieuse, parla d'exiger de notre gourmand un louis pour le paiement de son dîner, puisqu'il se comportait de la sorte.

— Un louis, dit-elle, oui, un louis, tout autant; je n'en rabattrai pas de cinq sous, car je ne suis pas obligée de suivre avec lui la règle que je suis pour tout le monde, puisqu'il ne suit pas lui-même celle que tous les autres suivent sans difficulté....

— Un louis? la mère! un diable qui vous emporte! Pour qui donc prenez-vous Philibert-Emmanuel Valé du Manoir, ancien procureur au bailliage d'Amiens, et depuis juge de paix au 4ᵉ arrondissement de ladite ville, pour lui demander un louis, quand il ne vous est dû qu'un écu? Ah! ah! cuisinière de Satan... Tiens! qu'est-ce donc que j'ai fait de ma bourse?

Et cette interruption fut faite avec le ton d'un homme profondément alarmé de ne pas sentir sa bourse à la place où il avait cru la trouver.

Le mouvement que se donnait le gros homme pour trouver sa bourse, et surtout l'air de consternation qui régnait sur sa figure, avait rendu la compagnie attentive; mais l'hôtesse, en particulier, formait intérieurement le souhait qu'il se trouvât absolument sans argent, afin de pouvoir le traiter sans ménagement; elle attachait sur lui des regards animés, d'une expression fort peu bienveillante, mais où perçait une malicieuse satisfaction.

— Décidément, dit-il d'un air découragé, je ne l'ai pas; il faut donc que je l'aie par mégarde enfermée hier dans ma malle; le diable soit de ma distraction! Conducteur, je vous en prie, faites-moi le plaisir de voir sur votre impériale...

— Après votre malle, monsieur? en vérité non, ça demanderait trop de temps, et nous sommes déjà en retard...

— En retard, tant que vous voudrez; mais je ne puis pourtant pas remonter en voiture avec une pareille inquiétude dans l'esprit. D'ailleurs, à présent que me voilà tourmenté au sujet de ma bourse, je commence à l'être furieusement pour ma malle. Pour l'amour de Dieu, conducteur, voyez, je vous prie, à me la trouver; elle est toute petite, et cependant je ne voudrais pas pour dix mille francs qu'elle manquât à l'appel, attendu qu'il s'y trouve quinze mille cinq cents francs en bel et bon or, que je suis allé toucher à Paris, sans compter que ma bourse...

— Allons, monsieur, je n'ai rien à vous refuser, répondit le conducteur, qui ne croyait pouvoir montrer trop de déférence pour un homme qui se disait possesseur d'une aussi forte somme.

Il disparut comme un éclair; mais, après cinq minutes, on le vit revenir inquiet et la mine allongée... Il n'avait pas trouvé la précieuse malle.

Le gros homme bondit comme une panthère blessée.

— Comment! scélérat! tu n'as pas trouvé ma malle? s'écria-t-il en serrant les poings et frappant des pieds les carreaux de la salle; on m'a volé ma malle à présent! C'est donc une forêt de Bondy que l'administration à laquelle tu appartiens?...

Le conducteur, vivement blessé de cette apostrophe, lui dit que s'il n'était pas une vieille tête à perruque, il lui apprendrait bien à mesurer ses paroles en parlant de gens cent fois plus honnêtes qu'il ne l'avait jamais été lui-même.

— C'est bon, c'est bon; des grossièretés ne sont pas des raisons, dit le vieillard; ma malle! vous dis-je, rendez-moi ma malle, bourreau, et les quinze mille cinq cents francs qui sont dedans; rendez-les moi, ou je vous fais pendre en arrivant, vous et vos patrons...

— A d'autres! vieux fou que vous êtes; vous me tannez avec votre malle; est-ce que ça me regarde? Si vous en avez une, vous avez dû la faire inscrire, et, dans ce cas, l'administration vous en répond; sinon, tant pis pour vous; dans l'un comme dans l'autre cas, je m'en bats l'œil...

— Comment! tu t'en bats l'œil, coquin, d'une malle d'une valeur approchant de vingt mille francs, tu t'en bats l'œil? Voyons, voyons, drôle, trêve à tes sottes plaisanteries; mais parlons sérieusement, la chose en vaut la peine, vois-tu bien. Es-tu bien sûr de n'avoir pas vu ma malle? il est impossible qu'elle n'y soit pas, puisque je l'ai recommandée moi-même hier au bureau; regarde à mon nom sur ta feuille, tu devras l'y trouver mentionnée, car je l'y ai fait inscrire; regardes-y, mon bon ami, je t'en supplie, car je n'y tiens plus; mon nom est bien facile à reconnaître : Valé-Dumanoir.

Le conducteur, que le ton radouci du voyageur avait apaisé, parcourut la feuille, et n'y voyant pas figurer ce nom, dit en la lui montrant :

— Monsieur, votre nom n'est pas sur ma feuille; voyez plutôt vous-même.

Le gros homme, rendu à toute sa fureur par cette incroyable omission, s'emporta de nouveau de la manière la plus comique.

— Ah çà! mais quels sont donc les animaux qui tiennent les écritures dans cette administration de malheur? Quoi! jusqu'à mon nom, ils oublient de l'inscrire? que l'enfer les engloutisse!...

— Avez-vous donné des arrhes, monsieur?

— Parbleu! je le crois bien, que j'en ai donné; j'ai payé juste la moitié de la place; douze francs, mon ami, douze francs en deux écus de six livres...

— Alors ça doit se trouver marqué sur votre bulletin, si ça ne l'est pas sur votre feuille; l'avez-vous conservé?...

— Pardieu! si je l'ai conservé; il ne manquerait plus que de l'avoir aussi perdu, celui-là; mais grâce à Dieu, non, car le voilà; tenez, lisez, et vous verrez si cette fois on ne m'y a pas bien marqué...

Ici le conducteur partit d'un grand éclat de rire, qui surprit la compagnie, mais dont le voyageur ne parut nullement édifié.

— Oh! de par tous les diables! as-tu fini, butor, avec tes ricanements d'imbécile, qui vont tout à l'heure me faire naître l'envie de te briser les os?

— Brisez tout ce que vous voudrez, dit le conducteur en se tenant les côtes; mais laissez-moi rire à mon aise. Ah! ah! ah! ce diable d'homme! hé! hé! hé! qui prend!... hi! hi! qu'a pris...

— Qui prend, qui a pris, quoi? misérable! s'écria le procureur au bailliage d'Amiens, prêt à sauter à la gorge de ce pauvre diable, qui continuait à se tordre; je ne sais pas ce que j'ai pris, mais je sais ce que je voudrais bien prendre; ce serait un bâton pour pouvoir à mon aise t'en caresser les reins. Me diras-tu, drôle, ce que j'ai pris?...

— Oui, monsieur ; vous avez pris la diligence de Rouen pour celle d'Amiens, pour laquelle vous vous êtes fait inscrire, comme le prouve votre bulletin.

Cette révélation fut un coup de foudre pour le malheureux voyageur, qui, croyant fermement être sur la route d'Amiens, avait pris peu d'inquiétude sur le sort de sa malle, qu'il pensait avoir avec lui. Rien ne peut dépeindre sa désolation, qu'augmentait encore l'impitoyable gaieté de la compagnie.

— Que le ciel confonde toutes ces horribles administrations ! dit-il en secouant à deux mains sa perruque. Quoi ! il faut qu'elles viennent se camper dans une même maison, dans une même cour, quand elles exploitent des routes différentes ! Maudit sort ! scélérat de sort ! et je ne ferais pas dix procès à ces misérables !

— C'est bien fait ! dit l'hôtelière, à qui les tribulations du malheureux procureur n'avaient pas fait oublier ses sujets de rancune ; mais avant que de faire des procès aux autres, commencez toujours par me payer ce que vous me devez...

— Je paierai le diable, s'il veut l'étrangler, répondit-il en lui tournant le dos avec fureur. Voyez donc cette mégère, qui, quand je suis ruiné, assassiné, vient me harceler pour un misérable écu que je lui dois !

— Allons ! messieurs, en voiture ! cria le conducteur en dépêchant son dernier verre de vin ; nous n'avons plus le temps de nous amuser. Partez-vous aussi avec nous, monsieur ? demanda-t-il au vieillard, absorbé dans son désespoir.

Cette question le fit tressaillir.

— Partir ! dit-il ; oui, sans doute qu'il faut bien que je continue cette maudite route, puisque...

— Pas avant de m'avoir payé, toujours, dit l'hôtesse en passant entre lui et le conducteur.

Et, s'adressant à ce dernier :

— Non, non, François, partez sans lui, car je ne souffrirai pas qu'il sorte d'ici, si ce n'est pour aller en prison, à moins qu'il ne me compte, rubis sur l'ongle, le louis que je lui ai demandé ; sans compter qu'en ne taxant son dîner qu'à ce prix, j'y perdrai encore plus de dix francs.

Ici, renouvellement du débat plus animé que jamais entre lui et cette femme, qui se prévalait si cruellement de l'embarras où il était, pour exiger avec rigueur une somme qu'elle était loin d'être en droit de lui réclamer ; le pauvre homme sautait comme un chevreuil ; il faisait, malgré son obésité, des bonds dans la salle, allant à tous les voyageurs et les conjurant de le protéger contre les exactions de cette furie. Il allait probablement, faute de pouvoir mieux faire, prier le conducteur de lui avancer de quoi se débarrasser de cette femme, quand un accident imprévu vint compliquer encore l'embarras de sa situation.

Un brigadier, suivi de deux gendarmes, se présente dans la salle et demande aux voyageurs l'exhibition de leurs passeports ; le pauvre Valé-Dumanoir était le seul qui n'en eût pas. Peu familiarisé avec les habitudes de voyage, il n'avait pas jugé cette précaution bien utile à un homme de son âge, se disant qu'il pourrait toujours utilement se recommander du conducteur, qui ne se refuserait sans doute pas à certifier qu'il le connaissait pour un notable habitant d'Amiens. Mais de la manière toute malencontreuse dont avaient tourné les choses, il était à craindre qu'il éprouvât à ce sujet de nouveaux désagréments. Ce fut ce qui ne manqua pas d'arriver, quand il se vit obligé de déclarer au brigadier qu'il n'avait pas de passeport ; il commençait à lui expliquer les raisons qui l'avaient empêché d'en prendre un, quand cet homme, que la méchante hôtesse avait pris le temps d'instruire de ce qui s'était passé et de lui faire la leçon appuyée de la promesse d'une bouteille de vin, répondit avec un imperturbable sang-froid que toute explication devenait inutile, que son devoir l'obligeait à l'arrêter et à le conduire en prison.

Oh ! alors il aurait fallu avoir un cœur de pierre pour ne pas être touché de la situation de ce pauvre M. Valé-Dumanoir, naguère si superbe à la table du festin. La colère, l'effroi que lui inspirait l'absence de sa malle voyageant si loin de lui, puis les tortures que lui infligeaient les malicieux regards de sa persécutrice, ce choc tumultueux de tant de sentiments divers le réduisait littéralement à l'état de ces malheureux privés de raison, et aux prises avec un de leurs plus violents accès.

— M'arrêter ! s'écria-t-il avec un accent inimitable d'indignation et d'effroi ! moi ! moi, Valé-Dumanoir, ancien procureur au bailliage d'Amiens, et depuis juge de paix du quatrième arrondissement ; un magistrat, enfin ; vous parlez de m'arrêter, gendarmes, et de me traîner en prison comme le dernier va nupieds ? Mais c'est une indignité, une horreur, une illégalité.....

— Monsieur, nos ordres sont précis ; tout voyageur non muni de passeport....

— Et d'argent, dit l'hôtesse.

— Taisez-vous, vieille sorcière ! s'écria le malheureux Dumanoir.

— Monsieur le brigadier, vous êtes témoin qu'i vient de m'appeler vieille sorcière, cet escroc de table d'hôte, qui dévore tout sans avoir un sou dans sa poche ; et de plus, brigadier, vous remarquerez qu'il est encore nanti du gigot qu'il m'a volé.

Et elle tournait autour de la poche du malheureux voyageur, pour administrer la preuve de son accusation, en lui enlevant le corps du délit ; mais pressentant son mauvais dessein, il tira vivement luimême, de sa poche, ce malencontreux gigot, et le lança plein de colère à l'extrémité de la salle, disant :

— Voilà bien du bruit pour un os dont les chiens ne voudraient pas ! mais je ferai observer à monsieur le brigadier....

— Désespéré, monsieur, de ne pouvoir vous entendre, et plus encore, d'être obligé d'exécuter mes ordres, veuillez me suivre.

— Et vous, messieurs, en voiture ! cria le conducteur.

— Oh ! je vous en prie, au nom de saint Emmanuel, mon digne patron ! ne m'abandonnez pas ainsi, messieurs ! Parlez pour moi à ces honnêtes gendarmes, dites-leur que vous me connaissez, que vous répondez de moi...

— Monsieur, c'est inutile, dit froidement le brigadier, toute la société vous cautionnerait que cela ne servirait à rien, mes ordres sont formels.

— Eh! mon ami, vous devez bien croire que ces ordres-là ne peuvent concerner un homme de mon âge : j'ai passé celui de la conscription, et je n'ai pas non plus, j'imagine, la mine d'un conspirateur.

— Je ne vous dis pas, mais il ne m'est pas permis de faire de distinctions.

— Allons, messieurs, on part sans vous! s'écria le conducteur.

Cette menace eut pour effet de donner des ailes aux voyageurs; l'homme au gigot aurait bien voulu s'envoler, mais les deux gendarmes croisèrent sur lui la baïonnette, et l'hôtesse mit le comble à sa fureur en lui riant au nez, et en lui disant qu'elle espérait bien ne pas le voir sortir de prison, sans être largement payée de la brèche qu'il avait faite à son dîner.

Cela dit, elle courut assister au départ des voyageurs, et leur prodiguer ses plus gracieuses révérences; au moment où elle quittait la salle, le capitaine Surville y entra et feignit une grande surprise de trouver M. Valé-Dumanoir, qui poussa un cri de bonheur en l'apercevant.

— Quoi! vous ici? capitaine Surville, dit-il en courant à lui les bras ouverts; ah! c'est le ciel qui vous envoie pour me tirer de cet enfer...

— Mon capitaine, j'ai bien l'honneur de vous saluer, dit le brigadier; vous ne me remettez peut-être pas? je suis Joseph Ledru, ci-devant au neuvième chasseurs, conséquemment sous vos ordres, et présentement brigadier de gendarmerie en cette résidence, pour vous servir.

— En effet, je te remets à présent, mon brave; que fais-tu donc avec monsieur?

— Oh! il fait qu'il m'arrête, c'est-à-dire qu'il m'assassine, capitaine, et puisque vous connaissez ce drôle, commencez, je vous prie, par me le camper en prison.

— Malgré mon désir de vous être agréable, mon bon monsieur Valé-Dumanoir, excusez-moi si je ne vous oblige pas en cette circonstance, car je n'ai pas la moindre autorité sur ce brave militaire. D'ailleurs je connais ce digne garçon pour un soldat loyal et fidèle à ses devoirs; partant, je ne saurais croire qu'il mérite le moindre reproche.

En ce moment survint l'hôtesse, qui s'empressa, malgré les vives réclamations du vieillard, de résumer l'affaire avec une volubilité extraordinaire. Surville parut écouter avec attention, mais il était instruit de tout, car, attiré par le tapage, il était descendu pour en connaître la cause, et s'était embusqué dans un cabinet attenant à la salle, où il n'avait pas perdu un mot de cette étrange scène. Il était remonté en prévenir sa chère Pauline, ainsi que d'un plan qu'il avait imaginé pour tirer bon parti de la mésaventure de notre gourmand; c'était dans cette intention qu'il venait de se montrer à lui.

Le capitaine fit un signe d'intelligence au brigadier, et dit en s'adressant au vieillard :

— L'affaire est grave, très-grave, mon bon monsieur, je ne vois pas de moyens de l'arranger; vous autres bourgeois, vous n'avez pas la moindre idée des devoirs d'un militaire, quand il est de service.

Quels que soient ses ordres, il faut qu'il les exécute, sans se permettre d'y rien changer; en matière de police surtout, la responsabilité est encore plus grande. Il est vraiment malheureux que vous vous soyez trompé de voiture, plus malheureux encore que vous n'ayez pas pris de passeport...

— Eh ventre bleu! capitaine Surville, qui va s'imaginer qu'un homme de mon âge ait besoin de satisfaire à ces sottes formalités. Enfin ce qui est fait est fait, il me semble que puisque j'ai eu le bonheur de vous rencontrer, et que vous répondez de moi, je ne dois plus inspirer la moindre défiance à personne, et qu'on doit me rendre ma liberté.

— Non, monsieur, dit le brigadier sur un nouveau signe de Surville; le capitaine vous a dit vrai, un militaire ne peut pas transiger avec ses devoirs; il faut donc commencer par me suivre en prison, sauf à réclamer par-devant l'autorité.

— Mais c'est une monstruosité sans exemple...

— Voyons, voyons, mon ami, dit Surville, qui jugea le moment favorable pour exécuter son dessein : foi de capitaine! j'ai l'honneur de connaître monsieur; c'est un brave et honnête bourgeois de la ville d'Amiens, où mon régiment est en garnison; d'après cela, si nous allions chez le maire en le laissant ici, lui, sous la garde de ces deux hommes, ne pourrions-nous pas déterminer ce magistrat à prendre en considération la malheureuse méprise qui a conduit ici M. Valé-Dumanoir, et obtenir la permission de le relâcher?...

— Hum! capitaine, le maire d'ici est bien sévère sur l'article des passe-ports! cependant je n'ai rien à vous refuser.

— Ah! monsieur Surville, je vous en aurai obligation toute ma vie, s'écria le bonhomme avec toute la chaleur du sentiment.

Mais le capitaine s'était déjà éloigné avec le brigadier et l'hôtesse, que la curiosité avait portée à les suivre. Le pauvre Valé-Dumanoir, livré à lui-même, se sentit repris de toutes ses inquiétudes pour sa malle; il se promit bien de prendre une chaise de poste et de courir, dès qu'il serait en liberté, jusqu'à Amiens pour en avoir des nouvelles.

Après vingt minutes d'attente, le capitaine et le brigadier revinrent, suivis de l'hôtesse qu'on avait fort réjouie en la mettant dans la confidence, et que Surville avait d'ailleurs largement désintéressée.

— Monsieur, dit le brigadier en déroulant deux demi-feuilles de papier timbré couvertes d'écritures; voilà tout ce que nous avons pu obtenir pour vous. Le maire consent à ce que je vous mette en liberté, pourvu que vous vous engagiez à comparaître devant lui, si les informations qu'il va faire prendre à Amiens, ne sont pas satisfaisantes.

— Oh pardieu! je ne risque rien à m'y engager, dit le vieillard transporté de joie; où faut-il que je signe?

— Attendez au moins que je vous en fasse lecture. Ce qu'il fit en effet. Après cette formalité, le digne homme signa de bon cœur, charmé de recouvrer sa liberté.

— C'est bien, monsieur, maintenant signez encore au pied de celui-là, c'est le double de cet acte, et il en faut un pour la mairie et un pour notre greffe à nous.

— C'est juste, très-juste, mon cher ami ; je vois que vous êtes aussi bon formaliste que bon gendarme.

Et il signa tout aussi vivement que la première fois.

— Maintenant, monsieur, vous êtes libre, et nous nous retirons, ajouta le brigadier, que le capitaine reconduisit, en lui adressant ses remerciments.

— Ah! je suis donc enfin débarrassé, se dit l'Amiennois ; mais pourtant, il faut que ce brave capitaine, qui est l'obligeance et la loyauté même, me laisse puiser dans sa bourse, pour que je puisse regagner Amiens...

Il n'acheva pas, il était pétrifié de saisissement, car il avait devant les yeux sa pupille, que tenait par la main le capitaine, dont il venait de vanter d'une manière si expressive la loyauté et l'obligeance.

— Ouf! fut d'abord le seul mot qui sortit de sa bouche, mais ses yeux exprimaient assez les sentiments qui l'agitaient.

La charmante Pauline vint à lui d'un air caressant, le remercier de la bonne grâce et de l'empressement qu'il avait mis à combler tous ses vœux, en consentant à son union avec le capitaine Surville.

— Moi! moi! j'ai consenti à ce que vous épousiez monsieur? dit-il du ton d'un homme prêt à suffoquer de rage...

— Mais oui, monsieur Valé Dumanoir, et vous l'avez même fait de meilleure grâce que je ne l'aurais jamais espéré, s'empressa d'ajouter le capitaine.

— Ah! malédiction, ce papier...

— Etait un consentement que j'aurais été bien fou de ne pas vous faire signer, en face d'une si belle occasion de l'obtenir de vous sans procès.

— C'est un faux! vous êtes un scélérat! je proteste! vous irez aux galères! je...

— Non, j'irai tout simplement à la municipalité et de là à l'église, ce sera plus décent, comme il sera aussi plus sage à vous de ne pas ébruiter cette aventure, si vous ne voulez pas faire rire à vos dépens ; tenez, donnez-moi la main, et pardonnez une ruse de l'amour. Pensez plutôt à votre malle, monsieur ; prenez ma chaise de poste et ma bourse, pour vous mettre à même de gagner Amiens au plus tôt : partez, mais revenez à Vernon, où je me rends ; dans suit jours, je m'y marie, et je vous promets un repas digne de vous et où vous serez libre de mettre les gigots dans vos poches, sans qu'il arrive à personne de le trouver mauvais

Cela dit, le capitaine lui tendit sa bourse, et comme Dumanoir ne la prenait pas, il la remit à l'hôtesse, le laissant confondu et humilié; puis il partit avec sa chère Pauline dans une voiture qu'il s'était procurée. M. Valé Dumanoir, revenu de sa stupeur, ne tarda pas à profiter de la bourse et de la chaise de poste du capitaine, se reprochant déjà de n'avoir pas fait la paix de bonne grâce avec les deux amants, puisqu'il était exposé par là à manquer un bon repas de noce ; mais il se promit d'écrire de manière à s'y faire inviter de nouveau ; ce qui ne l'empêcha pas, en quittant l'auberge, de donner sa malédiction à l'hôtesse, alors qu'il eût été beaucoup plus juste de ne maudire que son malencontreux sommeil, mais surtout son impitoyable gourmandise.

FIN DU VOYAGE EN DILIGENCE.

LES DEUX ADVERSAIRES

PAR H^{te} BOISGARD.

Dans un endroit ordinairement assez peu fréquenté du bois de Boulogne, causaient séparément deux trios de personnages dont la conversation semblait fort animée ; dans l'un de ces groupes, composé d'individus qui paraissaient appartenir à une classe aisée, se faisait remarquer, par un air contrit et piteux, le héros de cette simple nouvelle. Jules tout court, car nous nous garderons bien de citer le moindre nom de famille, ainsi se nommait notre principal acteur. Il comptait vingt printemps tout au plus ; sa profession était celle de clerc d'avoué.

Il avait passé une partie de la nuit précédente en

compagnie des cinq autres personnages à faire orgie dans l'un de ces cafés constamment ouverts à la débauche.

Après quelques bouteilles de mousseux appelé communément vin de Champagne, le sang un peu échauffé, la raison égarée, notre avoué en herbe se prit de querelle avec l'un des joyeux convives, M. Octave, toujours tout court, son collègue et, qui plus est, son rival ; tous deux sacrifiant à la même divinité. Des paroles vives on vint aux mots injurieux, des mots injurieux à la provocation. Rendez-vous fut pris pour le matin, six heures, au bois de Boulogne ; c'est là où je transporte mon auditoire.

Assisté de ses deux meilleurs amis, MM. Gustave et Robert, tous deux rapins de l'atelier Ingres, Jules disait comme un certain personnage d'une certaine pièce :

— Je voudrais bien m'en aller.

Mais au discours de ce clerc d'avoué pusillanime Gustave répondait :

— Jules, mon ami, il faut te battre, ou ton honneur est compromis.

— Mon cher Gustave, je ne demanderais pas mieux : mais je sens que je ne suis pas absolument né pour les combats, et si cette malencontreuse affaire pouvait s'arranger, je t'assure que cela ne me contrarierait nullement.

— Impossible ! L'affront a été public ; il faut du sang pour le laver.

— Comment ! toi, mon bon ami Gustave, d'ordinaire si ingénieux, tu ne trouveras aucun moyen de me tirer d'embarras ?

— Il est peu charitable, interrompit Robert, de laisser plus longtemps dans l'anxiété un ami chez lequel on déjeune si bien. Je veux, au contraire, qu'il se montre digne de ses nobles aïeux et qu'aucune apparence de couardise ne se révèle sur son mâle visage. Qu'il sache donc ce qui fut arrêté d'une manière précise entre nous, ses témoins, et ceux de son adversaire. Jules, mon cher garçon, ouvre tes longues oreilles à mes douces et consolantes paroles : les pistolets seront chargés, il est vrai, mais avec des balles de liège.

— Ah ! mes chers amis, exclama Jules, pénétré de reconnaissance, vous êtes mes sauveurs, et ce que vous faites aujourd'hui pour moi je ne l'oublierai jamais.

L'adversaire de Jules n'était pas non plus la bravoure même, et cette révélation, lorsqu'elle lui fut faite également par ses témoins, lui fit goûter de bienheureux instants ; les émotions qu'il éprouva ressemblaient passablement à de la joie.

Pourtant, chacun des combattants croyait être seul à connaître le secret de cette charmante manière de charger des pistolets, et cette révélation jetait sur leur physionomie un petit air guerrier qui leur allait à ravir ; ce fut donc d'un air dédaigneux qu'ils accueillirent les paroles de paix que leur apportèrent leurs témoins, nos rodomonts ne voulant prêter l'oreille à aucune proposition d'accommodement.

Or, les conditions du combat réglées, on plaça nos deux champions à une distance de vingt-cinq pas ; distance qu'ils trouvèrent beaucoup trop éloignée et qu'ils subirent plutôt qu'ils acceptèrent.

Enfin, pressés que nous sommes d'arriver au dénouement de ce drame pour le récit duquel nous n'avons qu'un cadre restreint, si ce n'est insuffisant, nous dirons qu'au signal convenu deux détonations se firent entendre, et que, prodige étrange, nos deux spadassins tombèrent en même temps, Jules l'épaule fracturée, Robert la cuisse endommagée.

CONCLUSION.

Sachez, chers lecteurs, que rien n'est plus jovial que le rapin, autrement dit l'élève peintre ; il est essentiellement porté à faire des espiègleries ; la farce, toujours la farce, voilà son bonheur, sa vie !

Or, si Jules et son adversaire n'avaient pas une envie prodigieuse d'échanger quelques balles ensemble, les témoins étaient loin de partager leur opinion ; il leur fallait une bonne charge, et, comme ils étaient persuadés qu'aucun raisonnement ne déciderait Jules et Robert à en venir au but qu'ils s'étaient proposé, ils cherchèrent et trouvèrent le moyen d'affermir leur courage en leur persuadant que les pistolets seraient chargés avec des balles de liège, se réservant, les infâmes, de les charger bel et bien avec de véritables balles de plomb.

FIN.

9 782329 671147